看世界本来的样子

大地记忆丛书

李松璋　黄恩鹏 主编

阿俣欧滨

哈尼人一座灵魂的高地

ALUO'OUBIN

HANI REN YI ZUO LINGHUN DE GAODI

莫　独 ———— 著

GUANGXI NORMAL UNIVERSITY PRESS

广西师范大学出版社

·桂林·

图书在版编目（CIP）数据

阿倮欧滨：哈尼人一座灵魂的高地 / 莫独著. —桂林：
广西师范大学出版社，2019.11
　（大地记忆丛书 / 李松璋，黄恩鹏主编）
　ISBN 978-7-5598-2276-5

Ⅰ.①阿… Ⅱ.①莫… Ⅲ.①纪实文学－中国－当代
Ⅳ.①I25

中国版本图书馆 CIP 数据核字（2019）第 225160 号

广西师范大学出版社出版发行

（广西桂林市五里店路 9 号　邮政编码：541004）

　网址：http://www.bbtpress.com

出版人：张艺兵

全国新华书店经销

广西广大印务有限责任公司印刷

（桂林市临桂区秧塘工业园西城大道北侧广西师范大学出版社集团
有限公司创意产业园内　邮政编码：541199）

开本：787 mm × 1 092 mm　1/32

印张：8.25　　　字数：151 千字

2019 年 11 月第 1 版　　2019 年 11 月第 1 次印刷

定价：48.00 元

如发现印装质量问题，影响阅读，请与出版社发行部门联系调换。

非虚构写作：叙述世界的可能性

　　2015年的诺贝尔文学奖，颁给了白俄罗斯女作家斯维特拉娜·阿列克谢耶维奇。这个荣耀，是瑞典文学院对非虚构作家的高度肯定，也给"民间写作"以最大的鼓励。阿列克谢耶维奇站在民间立场，写在"国家利益"驱动下的诸多个人命运。她采录的是受历史大事件影响的底层"小人物"的声音，倾听他们的"说法"，体验底层社会难以平复的生命苦难。由此，在中国兴起不久的"非虚构写作"，被重新认知。

　　何谓"非虚构写作"？广义上说，以现实元素为背景、真实反映现实的写作，即非虚构写作。它首先被西方文学界重视，且完全是独立的、忠实内心的、不服膺外来因素的写作，是不受干预和遮蔽的民间写作。

　　非虚构写作，不是写实散文，也不是游记，而是民间叙事文本，是反映现实的"见证文学"；不是集体的写作行为，而是作家个体的写作行为；不是冷眼旁观，而是参与其中。体验和验证，是社会的实证主义（个体的经验主义）驱动下的一种写作，也可以是对社会大环境下底层的人文生态、农业生态和自然生态的田野调查。本质上说，非虚构写作是拓展了"向下"的写作。它让"民间的"视野宽阔且有纵深度。

非虚构写作，关涉人文地理和社会科学的认识论和方法论。也由此带来了写作的难度：一是准确无误的信源。作家所需的，是一张精细的地图和一块精准的罗盘，进行缜密独到的研究。操作态度必须一丝不苟。二是不能添枝加叶。它的真实性在于呈现事件本身，否决主观臆断，否决编造与虚构。像小说般编排故事、像戏剧那样设置悬念，都要不得。在资讯快速传播的世界文化大环境里，写作者要有谦逊的文化品格和巧妙的文本策略。三是囊括所有。与文本内容关联的历史、自然、人文及细微生活呈现，都可以为文本写作服务。

这三个难度，考验作家的水准，检验作家的耐性，挑战作家的能力。不能有离奇，不能有编造，不能像PS图片那样，随意增添什么去掉什么，让原有的色彩失真，让原有的图像变形、模糊。杜绝设置个人意志主导的荒诞，但不能拒绝现实或历史存在的荒诞。当然亦不能否认特定的地理情境下出现的一些非同寻常的现象。好在非虚构文学不以情节取胜，它要的是真实记录。非虚构与虚构的区别，在于具体的操作。小说家以假设和真实掺杂，揭示人类的处境和命运的问题；非虚构作家是用事实告知人们"问题"的存在，通过写实，让我们认知、对证，消除疑虑。非虚构写作是"还原"世界的"观察笔记"。

为达到效果，作家需要取消片面性的主体认知。花些时间，迈出步子，深入实地，不厌其烦地去挖掘原始事件，或是陈年旧事，或是历史典藏，或是正在进行时的社会和个体事件，把故事的碎片，拼接成一块完整有序的图谱，厘清规则或不规则的脉络。复活记忆，复原意识，让心灵方向和智性写实找到一个理想的出口，引人入胜，将读者带进一种奇异的、令人难以抵达的神秘地带。

普林斯顿大学新闻学教授、美国著名非虚构作家约翰·麦克菲（John McPhee）认为：非虚构作家是通过真实的人物和真实的地点与读者沟通。如果那些人物有所发言，你就写下他们说了什么，而不是作者决定让他们说什么。你不能进入他们的头脑代替他们思考，你不能采访死人。对于不能做的事情，你可以列下一张长长的清单。而那些在这份"清单"上偷工减料的作家，则是仗着那些严格执行这份清单的作家的信誉，在"搭便车"。

非虚构作家是行走作家，但行走作家不一定是非虚构作家。非虚构作家以亲历的写作，比闭门造车、虚构编撰的作家更应该受到尊重。或许，契诃夫的《萨哈林旅行记》是较早的非虚构作品。而爱默生、梭罗、约翰·巴勒斯、巴斯顿等自然主义作家，亦是这方面的先行者。他们以自然为师，以时代为镜，以真实笔录记载自然天地大境，提纯思想要义。文本呈现的是自然乡土对人类情感的培育、人类自觉的心灵在天地间弥漫的道德感。它与利奥波德"生态道德观"和约翰·缪尔"自然中心论"之理念相符合。

主体审美视域，离不开外部世界的浸染。作为非虚构写作者，必须尊重客观事实，不能有所顾忌和惶惧。比如：社会恶性发展对人类精神和情感的破坏；世界观的偏离对人类伦理道德的冲击；大环境下的经济竞争带来的非常规手段的博弈；大众化民生本态与小众化生存状态之差异等。在田野的探研和调查过程中，民生环境、人文历史，都将活脱于文本。自由的素材，忠实的经验，直抵时代的痛处。以独特的语境，"敞开"许多被历史和现实"遮蔽"的东西。

作家是自然生态与人文生态的关怀者、监督人，是社会变革的体验家。但有时候，作家的行为体验，会带来道德困窘。面对休养生息的民生，是否影响了其本态的生活？叙事与析理，全景式的呈现，又会不会陷入迷惘？心境的外在延伸，又必然要展示它的客观性——格雷安·葛林式的抵达之境，列维－斯特劳斯式的抵达之思，约翰·贝伦特的抵达之梦，奈保尔式的抵达之谜等。超越"本我"局限，注重"原象文本"，是非虚构写作意义的真髓。

当然，我们不是为了苛求意义本身，而是注重大大小小的生活场景所反映的真实的民生本态。它不是写意画，它是精雕细描的工笔。小生活也是大生活，小场景的现实故事即是大场景的历史。一个脚印，就是一行文字；一个身影，就是一个段落。

因此，"大地记忆"非虚构作品，以主体写作与大地文本联系为主旨，亲历边缘，为社会记录田野调查式的生存之相。精确和准确，细致和缜密，都应该毫不含糊。

这套书由作家担任主编，也是因为作家对作家的熟悉、了解，有针对性约稿、有针对性选题，关注那些不被关注的地域和群体。所选作家，都是有着多年丰富民间写作经验的作家和注重田野调查的人类学者。由此，编辑这套书的深意就不言而喻了。即为了留住此时代与彼时代的记忆，让文本有效地成为岁月变化的证词。这些作家在珍贵的调研中，以沉静的讲述，将秘密解蔽、敞开、呈现，真实道出了一个客观的、具体的、不加伪饰的、被无数理念改变了的大地状态，记录下人们共同的记忆、一切可能的集体印象的存在。我们应该感谢这些作家以辛勤的脚力和心力，写出他们生命中的重要作品，为我们捞回正在消逝的民生本来的存在。

这是对"记忆之死"的抢救，亦是对"国民记忆"的抢救。

这就是我们所认知的非虚构文本最重要的写作价值和存在价值。

目 录

楔　子

　　在边地绿春，没有人不知道，在哈尼人的世界里，阿倮欧滨这个地名、这个地方，是一根以神秘、神圣、敏感、敬畏等特别的词打造的刺，尖锐而坚固地戳在人们的心尖上，伴随甚至影响着一个人的一生。

　　这是一个久远的传说，只是没有被这个飞速流转的时代落下，还在继续清晰而密切地被这个山地稻作农耕民族所讲述。

　　这是一座不朽的神山，当地的哈尼族以其为保护神，自诩是阿倮欧滨的子民，无论身在何处，一生祈祷并相信会得到阿倮欧滨神灵的护佑。

　　这是一座灵魂的高地，高高地伫立在哈尼人的心头，只要民族的信仰还在一天，这个高度就决不会削减一分一毫……

简收是姑娘的榜样

简收是人间的仙女

她的主意比常人多

她的性情比别人好

她的美德引来了四方的客人

——《都玛简收》

逃婚：一个女人的情爱追求

　　哈尼族有部闻名遐迩的叙事长诗《都玛简收》，因主人公是一位叫简收的女子而得名。由于长诗内容最后归结到一棵空前绝后哈尼名叫禾土玛绕的遮天大树，有的也译作《缩最禾土玛绕》。缩最，哈尼语，即树王；禾土玛绕就是出现在这部神话史诗里的大树王。故事讲述的重要事故现场，亦即终极现场，在今绿春县城所在地的多娘阿傈山梁东头阿傈欧滨山上。

哈尼族历史上本民族只有语言没有文字，记录日常事务主要用的是刻木结绳、数豆子等原始的方法，文化发展靠口耳传承和言传身教等方式，所以，口头文学十分丰富，留下了浩如烟海的民间故事、神话传说，和众多动辄长达万余言的叙事长诗，《都玛简收》就是其中一部瑰丽的奇葩。

这是一个凄美的故事。

传说，简收出生在哈尼美丽富饶的故园诺玛阿美。诺玛阿美是哈尼人的发祥地之一，那里，一年四季风调雨顺，阳光普照。勤劳善良的哈尼人，把寨子建在水边的平地上，尊老爱幼，安居乐业，过着安详而幸福的生活。寨子里有个人家，当家的男主人叫那简。在一年美好的十月，在十月一个美好的属羊日里，那简家添增了一个女儿。根据哈尼族父子（女）连名的取法，那简给女儿取名叫简收。简收有个同胞兄长叫简处，生来就有些愚鲁，并且越长越笨，越来越蠢。简收却跟哥哥截然相反，不但越长越美丽，而且越长越聪明，成为远近闻名的聪慧女子，引来络绎不绝的求婚人。"白云怀了她的身体，风雨孕育了她的骨肉。生出来雷声滚滚，脱胎出生后震动了天。天神奥玛给了她聪明，地神咪玛给了她智慧，太阳月亮给了她美丽的样子，她是阿培明烟的后人。"（《都玛简收》）

关于简收的身世，在当地民间还流传着另一个截然不同的版本：

简收上有九个哥哥，全家就她一个妹子。哈尼族一母同胞所生的兄弟姊妹，姊妹对兄弟统称阿么，兄弟对姊妹统称都玛。简收就是她的阿么们唯一的都玛。简收从小死了爹娘，九个哥哥都各自建立了自己的家庭。年幼的简收居无定所，食不饱腹，不但没享受到一个小都玛应有的温暖，反而每天被哥嫂们轮流使唤，今天为这家背水，明天为那家背柴，瘦小的身子像一只小陀螺，成天忙得团团转，遭受着哥嫂们不分早晚的虐待。但她从没有什么怨言，快乐地成长着。冬去春回，日月如梭，十几年过去，在饥寒的苦水里泡大的简收，却出落成一个当地绝色的美女。

最终，两个版本殊途同归。

简收的美名传扬四方，四面八方的青年慕名纷纷前来求亲。但简收有着自己的意中人，从小青梅竹马一起放鸭放牛长大的伙伴普兰（有的版本叫拉额）。父母和兄长或者哥嫂们却把简收当作摇钱树，把她许配给了当地有权有势的一个头人，一个老财主。爱情被强势侵凌，心上人被财主害死（有个版本里的男主人公是因为畏惧强权而退缩，拱手把简收送给了财主）。为了抵抗强权，维护爱情和婚姻神圣的尊严，倔强的简收逃出财主的樊笼，形单影孤被迫走上茫茫的逃婚旅程——一路走走停停，也不知走了多少年，走过多少地方，到过多少村寨，都玛简收尝尽了人间的甘苦，悟尽了炎凉的世态。而这过程中，她也把自己懂得的纺织和山地稻作农耕等技术传授到各个地方，把自己的智慧，播种在四面八方。都玛简收的美貌令世人称羡，都玛简收的聪慧令世人惊讶，她被称为"咪达搓昆"，即凡间智者，世上奇人。但没有一个地方能让简收放下行走的念头，没有一个村庄能使简收停住前行的脚步。拄着开着黑色花朵的芦苇拐杖，从一处到一处，从一地到一地，简收孤独而凄凉地继续行走在浪迹的路上，奔波在逃婚的途中。

又经过一座座村庄，路过一个个寨子。这天，简收衣衫褴褛，饥渴交加地来到阿僳欧滨的山林里。这里，古木苍天，草木青青，溪水潺潺。在浓密的林间，百鸟合鸣，百花绽放，和风轻轻地在林间穿梭，穿过垭口，凉凉地掠过简收燥热的面庞。一股清洌的泉水，汩汩汩地欢叫着从树脚下淌出来，灌进前下方不远处荒草密罩的幽塘里。简收心有所安，把拐杖插在水中，俯下身，双手合拢大把大把地捧起甘洌的清泉痛饮。等她喝饱水休憩够欲上路去拔拐杖时，那小小的芦苇秆却牢牢地长在泥水里，越拔越牢，越拔越长，越拔越粗。面对突然的变故，回想自己的经历，想到炎凉的世态，想到无望的爱情和绝望的婚姻，简收对拐杖下了毒咒："不过三朝，树梢长到九霄云外；不隔三天，根茎穿过波里家门前。大树就叫缩最禾土玛绕。"（《都玛简收》）随着简收的话音，顿时，小小的芦苇秆长成遮天大树，把大地遮得一片黑暗。

瞬间，随黑暗的来临，简收从阿倮欧滨消失了，从人世间消失了……

此时，故事还没有完，更多曲折离奇的事件，才刚刚准备登台。

我相信，天底下的任何一位女人，都是为爱情、为婚姻、为家庭而出生，来到这个世上的。

婚姻，作为一个女人再生的象征，被每一个身心健康的女性所追求和向往。除非万不得已，没有一位女性，会愿意逃婚浪迹天涯的。

偏偏，我们所听到、看到的都玛简收，在人间的大半部分经历，即她刚成年起，就在逃婚的路上。而阿倮欧滨，作为都玛简收逃婚结束的场地而出现，从而，出现在哈尼人的生活中，出现在一个民族的命运里。

都玛简收虽然失去了意中人，失去了美好的青春。但心底的爱情并没有泯灭，她以逃婚的方式，用非凡的毅力和精神，保护和传延自己的那份忠贞，那份神圣，那份被她看作比自己的生命还珍贵的人间情爱。她以自己的勇敢和胆识，以那份分明的爱憎，赢得了后人一辈辈的尊崇和爱戴。

逃婚，哈尼话叫"民生生"，指哈尼姑娘受到婚逼，受到强婚，不如愿又不甘于屈从时，一种擅自逃避躲藏或出行浪迹的形式，这主要发生在旧时代。

在现实生活中，哈尼族青年男女的社交比较自由。女孩长到一定年纪的时候，在自家主房外，就会有自己独立的闺房，作为交友的场所。另外，每一个哈尼山寨，都有一处或几处约定俗成的地点，作为男女青年们固定的社交场所，供他们平时谈情说爱。但婚姻多受媒妁之言，父母之命。这样，便无可避免地产生一些爱情的悲剧。

这是一个青春女性最无奈的选择，被迫用一种极其被动的行为，主动阐明自己对爱情和婚姻的主张。

出现逃婚的原因多种多样。但主要有三种：1.父母包办婚姻，对婚姻极度不满意。2.权贵逼婚、抢婚，却宁死不屈服。3.婚后长期受到男方虐待、暴打，对婚姻完全失去希望等。

对逃婚被抓回来的姑娘，惩罚的手段亦十分残酷，其中，有一种叫"夹拇指"的民间刑法，就是用一种特制的竹刑具，绞夹当事人的两个大拇指，叫人痛不欲生，十分残忍，以此来要挟其就范、顺从。

不过，抢婚是解放前的陋习；包办婚姻，到20世纪80年代已基本绝迹。所以，在30多年前，哈尼女性的"民生生"，已基本告别了历史的舞台。

一个逃婚女，最后的结局，却不是以与凡间的爱情相关的事件来收场，神话最终让世俗的尘世靠边，用神力带走了自己的女儿，带走了都玛简收。

其实，史诗最主要的是，借用都玛简收曲折的逃婚过程，重述了哈尼族早期农业生产的传播和推广，介绍了当时哈尼人所生活的重点地域，传述了女性在哈尼族原始的农业生产中所担负的主要角色和发挥的重要作用。而都玛简收就像是一位哈尼族劳动的始母，结合着自然规律，把日常生产生活的众多细节，一一传授给后世。

留下遮天大树，都玛简收消失了。

留下凄婉的诗篇，都玛简收活在不灭的神话里。

民间说，遮天大树是简收返回天宫的天梯，她本来就是上天的仙女，下凡传授山地稻作农耕生产，现在任务结束了，她攀着遮天大树回到天上去了。民间说，那开着黑色花朵的芦苇秆，是上苍触犯天条被罚下凡尘的一个恶神的化身，借用都玛简收的神手和阿倮欧滨的神水获取新生，亦趁机返回了天庭。只是，一个神的重生却以整个天下的黑暗为代价。

从此，哈尼民间有了不用芦苇秆做拐杖的说法。民间还说，都玛简收是为一棵树而生的，是为阿傈欧滨而生的，是为哈尼族而生的。她是属于神的，而千百年来，却确确实实根深蒂固地活在哈尼人的心间。在哈尼族的发展史上，无论是在诗篇里，还是在现实中，一个女子被整个民族称为"都玛"和"咪达搓昆"，甚至"奥达搓昆"的，唯简收一人。

简收：一个民族的都玛

10年前，我在绿春县文联工作，因为从事的职业和爱好的原因，会常到民间走走，去了解、采集当地的民族文化，尤其是哈尼族的传统文化、风土人情。有一次，跋山涉水到牛孔乡所属的一个哈尼山寨采录古歌，住在当地人家里，主人家的女儿名叫简收。还真巧，那次就是为了收集绿春境内不同地区的《都玛简收》的故事传说，由县委宣传部牵头，县文联具体负责实施，组织了多个采集工作组，分赴到绿春所属的各个乡镇分头去采访民间艺人，以便相互补充、完善，尽可能求得《都玛简收》版本的一致性、完整性。那天，那个名叫简收的乡村小女孩，像一只小蝴蝶，一直在自家的门口出出进进。望着她不停地晃动的影子，我的心里一直想象着自己采集的史诗的主角，那个遥远而神秘的神女都玛简收。

在一个哈尼山寨，叫简收这个名字的女孩，也许一个也没有，也许会有一个两个，甚至更多。

按照哈尼族父子（女）连名的取名习惯，只要一位父亲的名字的末字是"简"字，他所生育的女孩中，就有人可能取"简收"这个名字。当然，也有特殊情况，就是即便父亲名字的末字不是"简"字，其女儿的名字也有可能取成"简收"的。只要同族长辈中没有人取这个名字，不需要避讳，那谁都有资格享有这个名字。同时，由于哈尼族取名用字范围不广的局限性，不论男女，同名的人很多，哪怕是在小小的同一个山寨。哈尼人力求避免的，是在同宗族中特别是与上辈人同名。

简收，是哈尼女孩最普通的一个名字，这是一个属于女性的专用名。

但是，我现在说的简收，是唯一的、专指的，她是属于一个民族的，亦是属于上苍的、神的。她是属于多娘阿倮欧滨的。

她就是叙事长诗《都玛简收》的女主角。

可以这样说，假如没有都玛简收，就不会有叫人顶礼膜拜的哈尼族的名神山阿倮欧滨，就不会有一辈辈传沿到今天的阿倮欧滨祭祀。在浩如烟海的哈尼族史诗中，亦就缺少了一位敢爱敢恨、爱憎分明、充满了人性与神性成分的女性英雄人物。

没有谁说得清简收所处的具体年代。

因为没有文字，哈尼族的口头文学极其发达。短到几行、十几行的诗歌、歌词，像数不清的叶子，长在那些歌手的心间，张口就来；长则动辄成千上万行的叙事诗，往往一唱就是通宵达旦，甚至三天三夜也唱不完。就是到了今天，能即兴创作诗歌或演唱歌曲的民间艺人比比皆是，以心当纸，以口为笔，把一部部民族史书写在生命的脚下，雕凿在灵魂的底板上。但在这些浩如烟海的民族史诗中，几乎没有一部有肯定的明确的时间概念，许多史诗的内容，也是民族历史与神话故事的交叉叙述，人与神的时空交错。哈尼族的著名史诗，几乎都是历史与现实的合作创作，古人与后人的不断创新。因为其传世的方式是口耳传承，其流传的地点是酒桌上、火塘边和田间地头等场地。而演唱时间，多半在节庆时、婚嫁丧葬之类特殊时刻，基于传唱者的才情和水平，某部史诗的每一次演唱，都有可能存在对某些细节和语言的遗漏、舍却或加工。而这样数千年的流传，无数人的传唱，地域性的扩散，其随时"创作"或"修改"、"增删"的可能性都很大。再说，"好记性不如烂笔头"，一个人的记忆再怎么了得，也是有局限性的。凡此种种，哈尼族的一些经典性的史诗，在不同的区域流传，出现几个大同小异的版本，也就完全在情理之中了。与阿倮欧滨密切相关的，以都玛简收和遮天大树为主角的，在绿春小小的山梁上，就有多个版本。现就有两个不同的唱本，被今人整理出版，一部叫《都玛简收》，一部叫《缩最禾土玛绕》。两部书，一部以人物为书名，一部以树木为书名。但说的是同一件事。可其中的一些细节，出入也不小。

但无论哪一种，这部叙事长诗，都以都玛简收为主角，贯穿始终，并对简收给予了特殊的尊重和深深的同情，这一点却是惊人的相似。在平凡的日常生活中，在世俗的哈尼山寨里，一个逃婚的女人，不管出于什么原因，都很难引起族人普遍的同情，至少，不会得到大众公开的支持。但都玛简收却是个例外，是一个奇迹。能给一个逃婚女人的名字前冠以"都玛"，这本身就说明了一切。我们也可以从这一点，看出一个民族隐藏在骨子深处的慈悲为怀的善良心态，以及对追求美好爱情、向往幸福生活的肯定态度。

简收出生在贫苦人家，是一个在苦水里泡大的女孩子。从小失去家庭的温暖，父母的关爱；青春失去甜蜜的爱情，和期盼的婚姻，被迫孤身浪迹天涯，尝尽人间苦难。

在故事中，我们所看到的简收，其实就像现实中看到的邻家的女孩一样，普通，平凡，吃苦耐劳，热爱生活，尊敬长者，追求爱情。最终，史诗让她升到天宫，结束凡间的苦难，成神成仙。这是哈尼化的浪漫主义、理想主义的结局，亦是对简收美好的祝福。

在人类创造的神话里，多少神女，都这样来自民间。

无论怎么说，简收是一位能自己掌握自己命运的哈尼女性，是古代哈尼妇女的典型代表。

行走和漫游，是简收的生命存在的主要方式。

而回归于山水，回归于森林，是简收永生的选择和归宿。或者说，是哈尼族永生的选择和归宿。

《都玛简收》的故事其实也很简单，它重要的章节，就是借简收的身体，通过简收逃婚的线路，来传播哈尼族的山地稻作农耕生产技术，讲述哈尼族的历史生活区域、山地文明和民族的人生选择。事实上，这是一部哈尼族早期山地稻作农耕生产的教科书，一部自然科学书籍。无须置疑，简收是曾经生活在哈尼社会里的一位活生生的人，她用自己苦难的经历和高尚的人格，书写了一部哈尼民族原始而传统的农耕史、自然史，这是一部创造性的劳动画卷和生命史诗，赢得了整个民族永远的爱戴和怀念。

都玛简收，我的姊妹。

每年春天，我们挑最好的日子，选最纯的黑猪，踏着鸟语花香来朝圣你。谁都知道，你没有离去，阿倮欧滨就是你的家。我是你的兄弟，每天到你的门前放牛、砍柴，你躲在任何一棵树后保护我。

都玛简收，我的姊妹。

你苦难的历程结束了阿倮梁子混乱无序的日子。那根驱狼打狗的拐杖，很随意地插在目之所及的旷野，遮天大树的精髓，就淌在脚下这片水草丰美的泥土里。在那么一天，年、月、日就诞生在这片因你而令人仰慕的树林里。

都玛简收，我的姊妹。

哈尼的热血在我们的脉搏里滚烫。很多年很多年以前或很多年很多年以后，我们始终是同胞兄弟姐妹。

——莫独《都玛简收》

在哈尼族的词汇里，都玛，是一个特殊的名词，是一个会令人心地柔软、心头疼痛的亲情的词。一个家庭里，一母同胞的兄弟姊妹，姊妹为兄弟的"都玛"，兄弟为姊妹的"阿么"，这是哈尼族社会特殊的血缘称谓。

每一位女子，都是其家族的都玛，都应该获得家庭和社会的尊重和爱护。

唯有简收，是整个民族的都玛。

这是一个母亲给予一个孩子的至高无上的荣誉。

一棵大树，葱茏、丰茂、苍郁、常青，生长在历史的尽头。

那是一棵生命之树。

简收，其实就是一段生命的源头，哈尼族一棵不朽的生命之树！

一生命途多舛的简收，最终的归宿是理想的。这是哈尼这个民族特有心理的必然决定。哈尼族是一个终身脚踏实地，却又一生怀抱理想主义的民族。她不会让一位自己心疼的女儿，永生浸泡在无尽的苦水里，她也不会让一位自己心爱的女儿，彻底地走出自己的心间。

说她最终成为仙女，随遮天大树升到天宫获得永生，还不如说她永远彻底地活在一个民族的心间。只要这个民族的血液还在这个世上流淌，都玛简收就会继续在自己的史诗里走动，"都玛简收"这个亲切的称呼，就不会在这个世间消失。

咪达搓昆：对一个词的终极认识

一开始，我对"咪达搓昆"这个词，好像就出现了想当然的错误认识。

"咪达搓昆"是句哈尼话，是"咪达"和"搓昆"两个单词组合的一个偏正词组。就像把"都玛"和"简收"两个词语紧密联系起来一样，"咪达搓昆"这句话或者这个词的组合出现，也是专门为了送给都玛简收的。

几乎可以肯定地说，在哈尼人的世界里，从历史至今，无论是虚构的还是真实的，除了都玛简收，没有一位女性，被冠以"咪达搓昆"这个称谓。无论是男性还是女性，也没有谁，可以和都玛简收争夺这顶桂冠。

"都玛简收"和"咪达搓昆"，这是哈尼语词汇里的专用词，是独属于都玛简收的殊荣！

对"搓昆"是不会产生任何歧义和误解的。搓昆就是智者、聪明人的意思，指向很明确，使用也有普遍性。"咪达"基本有三种解释：1.专指年轻未婚的少女，与年轻未婚的男子"搓达"相对；2.指利牙利齿能说会道的女子；3.大地、大地上，或通指人世间。三种称呼的发音十分相近，口形也相同，只是在吐字时口音上稍分轻重缓急而已。

一词多义（意）。这是一个词语的局限，还是魔力？

简收作为一个逃婚的女子，自然是青春年少的，并且，一个敢于逃婚的年轻女子，除了心智上、胆略上比一般的女性高、大以外，面貌的姣好、身材的窈窕等等，都会胜于普通的女性的。说到底，这要具备由内到外，或者由外到内智貌双全的双重资本。小时候，我第一次听到有人说都玛简收是"咪达搓昆"时，我就毫不含糊地把她和上述第一种解释连

绿春阿倮欧滨风情园里的都玛简收塑像

接在一起，那就是：简收是一位聪明绝世美丽无双的哈尼"咪达"，即巾帼英雄，女中豪杰，世间美人。这里面，还包括尊重和爱怜。并且，这样的认识，一直跟随了我很久。

在哈尼族的语言词汇里，"咪达"是个十分敏感的称谓，是一个会引起害羞、需要避讳的词；亦是一个与青春、美好联系十分紧密的词。称呼未婚的女子为"咪达"，并不是可以随心所欲不分时间地点的。称呼未婚青年女子的词语，其他也有，应用在日常生活中。只有在那些男女青年谈情说爱的特殊场所，或者在山野，含有暧昧性、挑逗性地打招呼的时候，才可以用"咪达"这个词开口叫一位或一群姑娘。准确地说，这是一个和青春、求偶、性直接联系的词，是一个特定的情爱专用词语。

有时，在山野，一些男子对碰到的妙龄女子，不管认识不认识，远远近近地先吼上一句开场白"依吾噻——"，然后，叫喊着"咪达"唱山歌。那是一种带有挑逗性的穷开心，一种没有恶意的野趣。如果碰到的是一些外向、大胆、野性的女子，亮开嗓门应和着甩出几句山歌，则你来我往，情歌飘满山野，有时双方会对上几个时辰，仍然意犹未尽，直到一方败退；有时，也有可能就此真的扯出一对意中人……

在一些场合，亦听到把都玛简收称作"奥达搓昆"的，就是天上智人。这就更上一个层次了，又把她和神灵相提并论了。"天神奥玛给了她聪明，地神咪玛给了她智慧。"（《都玛简收》）她本来就回到天宫成神成仙了，这说法也未尝不可。在上苍，她的智力同样可以是超群超凡的。

张口闭口对都玛简收称咪达搓昆的，我听得最多的是从小妹的干爹的口中。小妹小时候，不知什么原因，有一段时间身体很不好。父亲根据民间的说法，托朋友在多娘附近一个叫伙摸的山寨找了个哈尼莫批（哈尼族民间神职人员），让其从莫批的名分上，给小妹取了个名字。但凡哈尼人家的孩子，有这样那样的问题，生长得不顺或者生活得不顺时，都会考虑重取个名字，或者做个公益性的善事，讨个福分，理顺时运。当然，取名的方式有多种多样，请莫批取名只是其中的一种。

大约30年前，给小妹取名的那个莫批和我家的关系还十分密切，逢年过节自然不要说，平时他到绿春县城多娘梁子上赶街什么的，都要到家里来坐一坐，喝口茶、抽口烟、吃顿饭什么的。小妹的干爹，自然也就是我们的干爹，他一来，我们都叫得很亲切，混得很熟。哈尼族莫批的身份有点特殊，除了做法事，为众人退鬼驱邪除祟外，平时也从事力所能及的生产劳动。另外，莫批还担负哈尼民族文化的传承工作，是哈尼族民间真正的知识分子加歌手，整个哈尼族的历史文化，装在他们的脑海里。平时，他们不是口若悬河谈古论今，就是放开嗓子歌吟唱颂，在他们出现的公共场合，民间文化氛围十分浓郁。只要莫批一坐下，桌子就要摆开，菜好菜差不说，一碗茶、一碗酒、一只水烟筒是必不可少的。哈尼族有句俗语，说"麂子是狗撵出来的，话是酒撵出来的"。但没有一位莫批的话需要酒来撵，天上人间，古往今来，话像爆竹在两片嘴皮间跳动，酒只是要来润润喉咙。用干爹自己的话说，是漱漱口。在那些上天入地、人神鬼魔交错混杂的话题里，必然少不了阿倮欧滨的内容。而只要一说到阿倮欧滨，自然就要说到都玛简收。干爹的嘴里，一旦提到都玛简收，就会说到"咪达搓昆"这个词，来对都玛简收加以修饰、补充和强调。他说得那么随意，那么自然。

家里老老少少，家人外人一大群，就听他讲古，听他反反复复地言说都玛简收咪达搓昆。那是我青春年少的时节，我已经很清楚"咪达"这个词的含义。我有点疑惑，以为自己听错了，我甚至在心里隐隐地感到一些羞怯，感觉有些不自在。

一个美如仙女的女子形象，模糊又具体地老是在我的面前飘浮。

多年后我才弄清楚，莫批嘴里的"咪达搓昆"，指的是人间智者，地上神人。

而除了"咪达搓昆"和"奥达搓昆"这两个独特的专用词，阿倮欧滨、遮天大树、山地稻作、农耕历法、逃婚、浪

莫批为耕牛叫魂

迹、芦苇拐杖、黑色花朵、仙女、神林、泉水、祭祀等词语，在绿春，也和都玛简收紧密相连。都玛简收在当地大众的心里，既像一位邻家女孩一样，普通、平常、亲切，又像水中月，雾中花，如此冰清玉洁，无可触及。

都玛简收用自己艰辛而奇特的经历，以及坚强的毅力和不凡的智慧，塑造了自己，塑造了一位哈尼女性勤劳、坚忍、不畏苦难的普通而特殊的形象。都玛简收拥有"咪达搓昆"这个称号，乃至"奥达搓昆"的美誉，是实至名归，理所当然的。

但是，从个人的情感出发，从对一位女性的热爱出发，对于一位深受整个民族赞赏和喜爱的绝顶聪明而绝色的青春女子，形容她是神界和人间的双重智者，或者是尖刻厉害、利牙利嘴的精悍女人，我都觉得生硬、冷漠，缺少人情味，也不符合哈尼这个民族的性格。

最终，我还是愿意相信，我从小到大的理解是准确的。

第二章

一部年历和一棵隔离天地的遮天大树

是认年的树

是认月的树

是认日的树

——《都玛简收》

年历：一个山地稻作民族的农耕指南

哈尼族民间有自己的年历，以十月为年头岁尾。这个年历，来自一棵树的启示，这棵树，就是都玛简收的芦苇拐杖长成的遮天大树，生长在绿春县城多娘阿俣梁子东头的阿俣欧滨山上。

神奇的史诗《都玛简收》这样讲述：

　　……瞬间出现的遮天大树，把大地严严实实地罩住，天下突然一片黑暗，人们恐惧、慌乱，惊恐万状，却不知道发生了什么。人们四处打探，八方探询，就是找不到原因，问不到缘由。哈尼的神职人员莫批做了法事，打了鸡卦，也得不到结果。人们纷纷猜测是不是太阳死了，是不是月亮死了，只剩下黑夜？人们被无边无际的黑暗压抑和折磨，长久地心神不宁，六神无主，人类进入到一种前所未有的恐慌里……

　　这情景，仿佛到了人类的末日，人们看不清日子的模样，看不到未来的曙光。

　　但只要村庄还在，生命还在，生产生活的脚步就不能停住。可是，天已丢失白昼，只剩下黑夜，天下成天四面漆黑，八方不明，该怎么办呢？上路自然不必说，打火把。人们还把火把绑在羊角、牛角上，以此方法照明来犁田犁地。如此长年累月的耕作，把羊角烤了扭曲，把牛角烧出一条条的皱道。从此，羊角牛角就成了现在的样子。

　　不见日月，火把，成了人们形影相随、须臾难离的照明工具。

　　没有了黑白之别，没有了昼夜之分，完全处在黑暗和灯火之中，没有谁能计算得了天数，同样，年月也无从算起。

这样含混的日子，也不知过了多少年。

种下去的庄稼，因为得不到阳光的照耀，得不到雨露的滋润，撒下一箩，收获一把。生活越来越走向窘迫，再这样下去，甚至面临着种子都可能绝迹的地步。人们只能以狩猎为生，来维持缺粮少食的日子。

阿倮欧滨厚实的原始山地，草深林密，溪流叮咚，野果串串，食物丰富，是各种禽兽的乐园。

一天，一个猎人慕名到阿倮欧滨山上打猎，因为视野不清，不小心射偏了一支箭，箭射向天空，射穿了遮天大树的一片叶子，顿时，明晃晃的阳光从叶孔处照进来，照亮了巴掌大的一块地。猎人惊喜地立即把消息传回山寨……后来，哈尼人先后动用了竹鸡、飞鼠、蝙蝠、白鹇鸟等多种动物，上树查看情况，最后，在小蜜蜂的帮助下，才弄清了事情的原委。原来，太阳并没有死，月亮也没有死，太阳和月亮都还好好地住在天上，还在天上不停地轮流巡视着天空。是都玛简收的遮天大树把天和地隔开了，把太阳、月亮和人间分开了，使阳光和月光照不到地面上来了，使人类看不到蓝天、白云和星空，失去了光明和温暖。

遮天大树长在阿倮欧滨山上的溪水边。"树干像蒿枝秆，叶子像长在水边的芦苇叶，花像栽在地里的芋头花，树上的果，像永远不会成熟的毛木树果。像蒿枝秆一样的树干呈棱形，像芦苇叶一样的叶子倒长着，活了七十代的祖先没见过。"
(《都玛简收》)这是一棵不落叶的树，这是一棵不死的树。但
没有人知道，这是一棵什么树?

哈尼祭司莫批说，想让日子回到从前的模样，想让阳光
和光明重新回到面前，有日有月，只有把树砍倒。

牛角号响起。住在半山腰的哈尼族、彝族，住在河坝
的傣族，住在密林里的拉祜族，住在山顶深山老林里的瑶
族……一个个民族集中到阿倮欧滨山上，大家齐上阵，刀砍
斧劈，各显神通。可是，今天砍进去的刀痕，次日来时却全
愈合了。每天都如此，日复一日，多少时光像水一样流失，
遮天大树依旧，砍树工作毫无进展，人们一筹莫展……

在哈尼人的世界观里，人在大自然面前从来不是强者，
更不是万能的。恰恰相反，一直是弱小的、低微的，始终需
要大自然的恩赐和帮助，必须亦步亦趋彻底地跟随大自然的
脚步行走。砍遮天大树的经历，再一次重述和强调了这种现
状，这种认识。

哈尼人获得砍倒大树王的天机有两个不同的版本。但都
与都玛简收和神有关。后来，大家就是根据神的启示如法操
作，最终把遮天大树砍倒。当然，砍树的人，也为此付出了
极大而惨痛的代价。

这是一种预言。在数千年前，乃至在那远古的年代，在

民族的农耕文明的初期，哈尼族就清楚地认识到，人类在大自然面前的渺小和无知，深深地知道，人类不过是大自然很小很小的一分子，懂得了人与自然的密切关系，懂得了如果人类不善待自然，将会遭受极其惨痛的教训。只有迁就大自然，顺从大自然，遵循大自然的规律行事，才能获得自身的繁衍、发展、繁荣。而阿倮欧滨遮天大树的突然出现，和后来为此发生的一系列的不良事件，乃至延传至今的祭祀现象，都是用事实给后人留下的警示和忠告，表现了哈尼人认知大自然、感知大自然后，对其所表现出的态度和行为，良知和感怀。

遮天大树砍倒了，光明又回到了人间。

"从前的哈尼不知道，一年有几天，一轮有几日。分不清什么时候上山砍荞地，不知道哪个时候犁田撒秧。要知道一年有几天，就去数大树的叶子有几片；要知道一年有几个月，数数大树的树枝有几根；要知道一月有几天，就去数大树的根有几条；要知道一轮有几天，就去数大树的分枝有几节。"（《都玛简收》）在现场，有众多的动物协助人类，后得到猴子、长臂猿、斑剥阿娄鸟、忍甲能仁鸟、田鼠、鼹鼠、标鼠、飞鼠等动物的帮助，大家惊奇地发现了一个神奇的现象：这么一棵可以遮天的大树，它的树枝有12根，叶子有360片，树根有30条，树干有13节。

《砍大树》和《认年月》是《都玛简收》里重要的两个章节。按照《都玛简收》叙事长诗的记述，在砍倒遮天大树之前，哈尼族的历史是无序的，哈尼族生活在没有时间概念的状态中，没有春夏秋冬，也没有去年与今年之分，过一天算一天。后来，得到神树的昭示，以神树的树枝、根、叶、分枝等的数为依据，才有了一年12个月，每月30天，一年360天，一轮13天的十月历法。这个故事，在绿春哈尼族民间还有独立的版本，叫《年月日的来历》，其实也是从《都玛简收》里抽出来的，只是把诗歌的表现形式变成了故事的讲述方式。

一部年历，对于一个山地农耕民族来说，是多么重要。

一部农历，诞生于一棵树，诞生于哈尼山地多娘阿倮欧滨。

绿春民间还有一部广为传唱的生产歌谣《哈尼族四季生产调》，这是哈尼族以生产活动为中心，并展现节日、农祭、赶集等社会活动的习俗歌。这就是有了年、月、日、轮的民族年历计年方式以后，以此为时间表，总结、指导哈尼族劳动生产更为细致的农事节令歌。

自此，哈尼族农事生产的脚步，才逐渐走进了和四季节令的行走相对应的节拍里。

民间说，遮天大树是都玛简收特意留下的神树，目的就是帮助哈尼人创造年历。其实，无论是神话传说还是民间故事，都无非是聪明的哈尼祖先借题发挥的一个载体而已。抛开远古不说，千余年来，哈尼族都生活在崇山峻岭之中，生活在大自然的怀抱中。在大自然的面前，哈尼人是自觉的、谦卑的，一贯以"自然之子"自称，尊崇万物有灵，尊奉并敬畏以祖先神灵为主的万事万物，一耕一锄，一步一行，都尊拜大自然为师，严格追随大自然的规律行事，春播秋收，夏锄冬藏。

历史上，哈尼族以栽种水稻为主，兼种苞谷、荞子、高粱及各种豆类瓜果等其他旱作物。

十月历，是哈尼人的大年历。什么时候备耕，什么时候下种，甚至什么时候休养生息、祭祖、过节过年等，都跟着年历的脚步走。譬如二月祭寨神，一年的春耕正式启动，祈望寨神（神林）带给哈尼人风调雨顺，使春耕农事的大门能如时开启，五谷杂粮的新生能顺利成长。到了农历六月过六月节，这时是稻谷等庄稼经过漫长的生长，即将走入成熟的关键时期，人畜其实帮不上什么忙，就休养几天，以过节打秋千等形式，祈求秋神，保佑谷物不受虫害，不受天灾，颗粒饱满，迎来丰硕的秋收。而到了十月过大年十月年，这时，谷物都基本归仓，厩里的猪也肥了，田地都闲置了，哈尼要享受一年的收成了。同时，时令也将走进冬天，田地和人都要趁机养精畜力，以便能有饱满的精力，迎接新的一年的生产生活的到来……

在拥有明确的年历之前，哈尼族以不同植物的叶子变化、花开花落，和各种动物的叫唤，特别是鸟类的啼鸣来掌握时光的脚步，辨别季节的更替，以此来指导农耕生产和日常生活的安排。这样的自然追随，在许多哈尼山地甚至坚持到今天。所以，直到现在，哈尼人的世界里，一种花开，一种鸟啼，都是季节的号声，年历的符号。花开花落，叶绿叶黄，都是岁月的身影，时光的脚步。

《年月日的来历》里，出现了多种帮助过人的动物，如竹鸡、飞鼠、蝙蝠、白鹇、蜜蜂等，其讲述的，不过是哈尼族以自然为师、为伍、为亲的庞大体系里，一个典型的故事，尤其是表达了哈尼族与树的密切关系。

农耕文明，以树为源，这是哈尼族的认识。

一棵大树砍倒了，却"砍"出了一部年历。在哈尼族的历史上，这是一场开天辟地的革命，是一个新纪元的开始。一个山地民族，就这样注定与树木休戚相关，注定一生在林荫里繁衍生息。树被赋予的力量、神性是神秘而巨大的，甚至是无限的。树的生命，象征着乾坤的运转。人，自然不要说。这是哈尼族内心世界的一种外在表现，是哈尼族对人生和命运的独特的交代与寄托。绿春阿倮欧滨，只是一个典型，一个缩影。

这世上，没有哪个地方像绿春阿倮欧滨一样，把树纳进民族世代前行的脚步里；没有哪个民族像哈尼族，把日常的生产生活与树联系得如此紧密，甚至把树推举到民族宗教的制高点。

寨神林：哈尼人灵魂的栖息地

在哈尼人的心灵世界里，任何一片林子，都是神林，都是神的居所。

而村子上方的那片林子，是哈尼人直接的保护神——寨神的居所，即哈尼人所谓的寨神林，这是哈尼人灵魂的栖息地，是全寨人心灵的祭台。

哈尼人习惯群体而居，少则几户、十几户，多则上百户、数百户，乃至上千户。这样群居的规模，便形成了村落。四季轮回，繁衍生息，人口在不断地增长。每当一个寨子的人家达到一定的户数，当地的土地、水资源等已经满足不了本村人口的耕种与生存需求的时候，村里的长老们就得出面，商谈部分人员迁出旧寨，另觅新地重新建村立寨的事宜。也会有一些已经具备相当条件和能力的家族，以血缘为基础，大家主动搬出老村，另建新寨的。在哈尼人生活的山地里，在一定的范围内，不时可以见到一些重复的村名，只是在老寨名的后面附加了"普是"二字。这"普是"是哈尼语，就是子寨，新寨，是从老寨里分化出来的，即便过了上百年，甚至更长，只要寨子还存在，寨名就永远袭用，不再舍去"普是"二字。以此，我们可以了解到哈尼族一些寨子的渊源关系。像绿春城区阿倮梁子上的阿倮普是，对面山头上隔河相望的规洞普是等，就是当地的阿倮那安和规洞两个老寨子繁衍出支的新寨。也有一些寨子，因为繁衍的不利，集体性从一地搬移到一地。类似的种种现象，在哈尼族地区，历史上虽然不能说比比皆是，但也是层出不穷。

不过，这样很正规的分寨的事件，也似乎是很久远的故事了。数十年来，在绿春，哈尼族已经基本没遇到这种很传统的分寨情况了，一些群体性集体搬迁，是因为当地政府某种建设的需要，属于政府的行为。新的时期，哈尼村寨不再轻易分寨，原因肯定是多方面的，当然，生活稳定、人心安稳、亲情思恋，以及周边附近已经没有适宜一定数量的人集体迁移的空置土地等，是主要的因素。但随着现代生活方式的介入，一种新的"分寨"方法，在山里山外的哈尼村寨不断出现，那就是一些零散的人家，为了迁就生产，或者方便出行等一些现代生活原因，自行搬迁到田地边，或者公路沿线，有条件的人家，甚至购买土地或房屋，加入了城郊村寨的村籍，乃至搬到城里。这种形式，和传统的分寨没有直接的关

哈尼山寨

系。但似乎可以说，这就是新时代一种新型的"分寨"形式，从一定程度上而言，亦可以说是哈尼族群聚而居的一种历史生活方式的变迁。只是，这种形式，除了已加入别的寨籍的这种人家以外，大多只是一种表象的分离，亦即是简单的房屋的搬迁。人，依然归属于原寨，人们的心理，依然没有从对原寨的依赖中解脱出来。也就是说，所有的寨事活动，包括寨子里需要承担的责任和义务，以及可以分享的权利，都要回到原寨子里参与并获得。

说到底，建立一个新的村寨，并不是一件简单的事，即便是地广人稀的遥远的年代也如此。哈尼人建立村庄有诸多条件要求，最基本的，就是半山腰上有一块相对平缓的向阳的坡地，然后，坡地下方的地要适宜开垦梯田。除此外，坡地边上必须至少有一股茂盛的泉眼，如果周边有一两股自上而下的天然溪流则更好；坡地上方必须至少有一片茂密的林子。这两条是千万要具备的。有泉眼，才能保证村人和牲畜的饮水问题；有林子，才能设立寨神林。在哈尼人的心理认识里，没有寨神林，一个寨子是没有任何安全保障的，也不会产生任何后劲，那就更谈不上传宗接代、繁衍生息了。再说，有水的前提是有树，一个连树都没有的地方，很难想象会有水。如果无以保证维系基本生命的饮用之水，那么，其他的一切，皆无从考虑。再有一点，寨头的寨神林，是一道天然的屏障、防滑带。哈尼山寨一般都建在陡峭的半山腰上，上面如果没有林子护卫，雨水天极容易发生滑坡泥石流，吞没山寨，那是一股无以想象的潜在的危险，所以，寨神林还具有环保的功能和护卫的作用。以上这些都是客观的，还有许多主观的要求，那就千差万别了。寨神林对哈尼山寨的重要，哈尼先人对寨神林的倾注和顶礼膜拜，远远不是唯心这么简单。

选好上述这些基本的客观条件，哈尼人再在寨址周边栽满竹子、棕树、梨树、桃树、李子树、芭蕉树等。

有林有水，是任何哈尼山寨的基本要求，也是基本特征。

寨神林一般都是现成的，在没有确切选定之前，是天然林。林子铺天盖地，一坡一坡地蔓延，相互连接着，连那些四季溪流不断的深涧也隔不断。

狭义的寨神林，特指寨子上方的那一片林子，哈尼话叫"昂玛昂丛"，意指力量之源，精神之源。可见其在哈尼人心目中的地位和神圣！

在林子中央的某个位置，哈尼人会选一棵标直的栗树，也可以是符合要求的其他树种，作为寨神的象征，或者说是化身。最简单的方法是，在树脚前立一块适中的石头，作为标志。说明这就是我们村的寨神树了。作为哈尼人，只要见

山寨梨花

到那块石头，就知道是怎么一回事了，内心里就会肃然起敬，就会心生敬畏。打草结、刻叉叉、立石头，等等，是哈尼族民间做确认标记的常用手法。当某个人认定了一片好地，或者一片茅草，乃至一棵树，一窝野蜂子，只要在草地前打个结，或在树上刻个×，在蜂窝前立根杆，等等，根据物品做个相应的符号就可以了，后来的人见到了，知道已有主，便不会再有人去动。当然，寨神树前的石头，一旦立住了，就完全是固定的，平时绝对不会有任何人随意搬动。除非发生什么特殊事件，寨子里也不会无缘无故再轻易搬动，更不会随意更换。这块石头，并不是随便找一块都能用的。首先，要组织寨人到太阳初升就能照得到的地方去找；其次，要有些"身法"，即从质地到形状，都要过得去。在哈尼族《哈尼阿培聪坡坡》迁徙史里，从刚刚懂得建村立寨树寨神昂玛石的"惹罗普楚"开始，这块"昂玛石"，是被当作一个民族生命的基座，振兴的希望之宝，随民族的命运和血缘一起，一处一处被搬运来的。它见证了一个民族的辛酸，经历了一个民族的颠簸，共患了一个民族的苦难，享受着一个民族的供奉，体验着一个民族的安定、兴盛和繁荣。但现在的寨子里，通常，是不需要刻意对其做什么保护措施的，漫长的民族成长经历，和根深蒂固的敬畏行为，使这个山地民族从内心里，早就形成了一道天然的保护膜，无须再设置什么人为的屏障。当然也存在个例，在民间，个别寨子与寨子之间有历史纠葛的，相互间偶尔向对方使阴、捣鬼，也会利用寨神林，就针对寨神林里的这块寨神石做文章，那手段，琐碎而千奇百怪。对寨神林，下一点功夫的，会用竹篱笆简单地把神树围起来，或用土石在选定的寨神树周围筑起一个相应的台子，把树保护起来，把位置突显出来，不让那些擅自闯进神林里来的牲畜伤害神树。

当然，心的护卫，才是主要的。

选定的神树，除了在林中的位置，树自身也必须是最标直的那种。

寨神树一旦选定下来，它的神圣在哈尼人的心目中是至高无上的。

哈尼人对寨神林的保护措施，没有什么明文规定，一切写在每个寨人的心灵上，写在传统的习俗上，写在民族数千年来一步一步走出来的步履上。敬畏和尊崇，是两个最主要的关键词。一年一度的敬奉与祭献，是最基本的表达方式。

在传统的哈尼山寨里，家家户户日常生活的用柴量都很大。如果说方便，最近最便捷的砍柴场所就是村子上头的这片林子了。但是，这片林子是寨神林，不要说砍树，连一片叶子都从来不会有人去摘。平时，一些树木因为老朽，或者枯死，或者风吹雨打雷劈等自然原因而倒伏，都任其在林子里自行腐化，自然地回归到尘土里，没有谁会去林子里把木柴砍回来抱回来烧菜取暖。也不到寨神林里行猎，让任何鸟类自由飞翔，让出现在里面的任何禽兽在林子里自由活动。乃至平时人们有事出入寨神林，对衣着都有要求，必须朴素、端庄，忌讳穿得花里胡哨，艳丽耀眼。

凡此种种，别说做其他什么，就是吐一口唾沫，寨子里也没有人会对着寨神林。

在哈尼山寨，寨神林绝对是一处最神圣最神秘的禁地。

这是人心自然筑起的一块圣地！

这是每一个归属于某座寨神林所庇护的寨人放置自己的灵魂的地方。

哈尼古歌是这样形容寨神林的："蛇不爬的三棵树，蛇不上的三丛树。"连蛇都要主动避让，可见，这片林子对哈尼人的神圣。

除了偶尔，村里没有圈养的老母猪，带着一窝顽皮的小猪仔会自行闯进去乱走一阵外，寨神林里不放牛，不放马，没有人去喧闹。平时，寨神林里静悄悄的，除了小鸟清脆的鸣叫声，和松鼠觅食的声息外，唯有风自由自在不停的出入声。寨神是看不见的，风也是看不见的。但哈尼人的内心里，无时无刻不感觉到它们的存在，神灵的存在。

四季常青的寨神林，是寨神永远的家。

真正的哈尼山寨，是名副其实的林中的村庄。一座座蘑菇房，在林子下一盖，就获得了林荫天然的庇护。

一个藏匿在大山深处的哈尼山寨，其实就是藏匿在林子的怀抱中，藏匿在寨神的胸怀里。

当二月到来，春天的气息渐渐弥漫在哈尼梯田，劳动的脚步，渐渐走进哈尼人的心间时，村里负责民间祭事的领袖咪谷就要带领村里的男人们，到寨神林里杀鸡宰猪，祭献叩拜寨神，举行一年一度的昂玛突活动——祭寨神。

咪谷跪倒在寨神面前。所有的男人，都磕跪在咪谷的后面。无论平时是懦弱的男人，还是强悍的汉子，此时，面对寨神树，面对自己心目中的寨神，都变成了一样的人，都只剩下一脸的虔诚，成了神灵洗礼的赤子，成了大自然的婴儿。

每个男人的心里，都自觉彻底地摒除了平时的一切杂念，都在默默地祈祷，希望获得寨神的护佑，渴望获取吉祥、幸运，一年无灾无难。

咪谷是哈尼族的宗教领袖，是寨人的民间代表，是代表寨人与神对话的人。通常，一个寨子要选出三位咪谷，一主二副。咪谷平时和村人没有什么区别，同样做正常的生产劳动，自食其力，只是在本村要举行重大集体性祭祀活动的时候，才出面主持工作。祭寨神是咪谷在寨子里负责组织的最重大也是最重要的祭祀典礼。这也是哈尼族一年内最重要的三项活动内容之一。哈尼族的任何节庆都与日常生产劳动密切相关。二月祭寨神，这是一项为生产劳动揭幕的祭典，其他两项分别是祈望收获的六月节和庆祝丰收的盛典十月年。另外，一些家庭性的重要祭祀活动，也需要请咪谷出面参加。但他不参与该活动的任何主持，只是出于一种身份和威仪，着传统的民族服饰，与寨子里的长老们一起，到仪式的宴席上坐镇，并给予主人家祝福。阿倮那安村现任主咪谷，是高姓家族的一中年人，还不到50岁，比我还小。双方父母的关系一直不错，直到现在。

对那些陌生的林子，哈尼人是不会轻易打扰的。像尊敬生活中的长者一样，对长到一定程度，上了一定年纪的老树，哈尼人更是给予特别的尊重。因为需要，有时非得砍这样的老树时，哈尼人都要详细地祷告一番，说明必须砍的理由，请求树神宽恕等，然后，由一位上了年纪的老者象征性地砍下第一斧，才转交给年轻人去操作。

砍一棵树，哈尼人也当作杀一次生一样，极其慎重。而砍那些历经一定风雨的大树，哈尼人认为一定有罪过，就由年长者顶着，不累及年轻人。年轻人是民族的希望，是明天的栋梁。更主要的是，通过这样的形式，言传身教，让年轻的后生们从日常生活当中认识到，对万事万物的敬重，对大自然的敬畏，从而懂得对人生和生命的珍惜。

平时上山砍柴伐木，每一个哈尼山寨，都有自己固定的柴木林。不要谁监督，一个寨子的人，只会到自己寨子所属的林山上去砍伐。自然形成的规矩，执行得却很自觉。

"hama daolpiaq hul'a ssaq xal laol,hhavma aqbol hul'a ssaqssyuq zeq."（哈尼文，大意为："母鸡翅下小鸡好安身，昂玛神下寨人好育儿。"）昂玛寨神林对一个哈尼山寨的重要程度，这句哈尼俗语作了最好的诠释。

现在，在阿倮山梁正中的我衣胞的村庄阿倮那安，那个都玛简收浪迹的途中曾经留宿过的村庄，早就成了边陲绿春的城中村。钢筋水泥房林立，完全一派现代新农村的形象。人口不断增加，住房不断扩展，经济不断发展，外寨人也不断挤进来，建房土地严重紧张。寨神林早已不成林了。从面积上，从树木上，它都与"林"相去甚远。但再小，它都拥有着自己的领地。随着时代的发展，生活的好转，有钱的人家渐渐多起来了。但这么多年过去，即便把房子盖到滑坡上去，也没有谁胆敢独自占有那片宝贵的土地。随着现实的变迁和时代的发展步伐，在哈尼山寨，什么土地都可能被买卖，或被挪作他用，但这块地不行，哪怕出千金也不行，它与金钱无关。那块阿倮山寨最平坦的小小的空地，被紧紧地围在严密的楼房间，怀抱着三五棵不小也不是很大的树木，以寨神林的名义，至今仍然有尊严地活在寨人的心目中，活在阿倮那安的寨名上，并在每年的二月，雷打不动地享用着全村约两百户人家数百人虔诚的膜拜。

其实，阿倮那安村寨神林的状况，绿春县城山头阿倮梁子上所有哈尼山寨都存在。十分有限的林地面积，被不断林立的楼房挤压；被不断出现的时代产物包围、侵占的外围空间，以及人口的膨胀、庞杂等客观因素，寨神林早就被隔断、被改变了她自然的生存环境。现在是，她仍然被一个民族最亘古、最坚固，也是最终的信仰维系着、支撑着。

当一个哈尼山寨的种种符号，一样样或自觉或不自觉地被时代逐渐改变，甚至抹掉时，最终还在保持的，就是寨神林。

这是寨人安康，寨子安宁的依托，是每一个寨人获取力量、获得精力的源泉。

从一定程度上说，每一座寨神林，其实就是缩小了的阿俣欧滨神林。

哈尼山寨的寨神林，这已经远远不是一片林或几棵树这么简单的概念。这是可以把灵魂寄托的地方，包括个人的灵魂，民族的灵魂！从小处讲，那是一个村子繁衍生息、兴旺发达的依赖与标志；从大处说，这是一个民族力量和精神的象征与源泉。

无疑，寨神林，在哈尼山寨具有举足轻重不可替代的作用和地位。

这是一面心灵的旗帜，统领着一个边地民族精神的向度。

用一片林子当作灵魂的栖息地，我想，在这个世界上，恐怕只有哈尼这个民族，也只会有哈尼这个民族！

祭寨神：对神灵的集体叩拜

从昆明回到蒙自，家人还不到下班时间，就自个儿做晚餐。打开冰箱，见自己一周前放进去的那点猪肉还在，就赶忙拿出来煮了。不久，妻子下班回来，我问她这么多天了，怎么没把这点猪肉处理掉？妻子说，等你啊，你不在，怎么能处理！

我一下明白过来，心里也暖暖的。

比手指稍微大些的两条猪肉，不过就一两左右而已，和普通的猪肉没有什么两样。但对于我来说，这的确不是普通的猪肉。这不是从城里的农贸市场买来的，也不是自家吃剩的。这是父亲托几天前从故乡绿春出来蒙自办事的二哥送来的，是祭寨神节祭过寨神和家祖的祭品，哈尼话叫"张喝"，也就是福禄。因为是祭献寨神昂玛阿波的祭品，所以，准确的应该叫"昂玛张喝"。这样的祭品，一般不兴留长，一拿来就要煮熟全家食用，以便及时获取来自寨神的福分和力量，获享这份上苍的恩赐。只因那天在饭店晚餐后拿到时天已晚，后来几天，因为市里组织"中国作家蒙自行"文学采风活动，负责接待、陪同被邀请来蒙自采风、讲学的一批省内外诗人、作家，我每天早上七点就出门，晚上一点左右才回到家，早出晚归，家人不齐，妻子就一直把它留着。

作为一个认为万物有灵，崇拜以祖先为主的万事万物的山地稻作农耕民族，哈尼族一直生活在大山深处，生活在大自然的怀抱里，并一直以自然之子自称。哈尼人把这种热爱和敬畏融入日常生活中，形成了多种多样的节日和祭祀活动，而最肃穆、庄严、典型的，就是祭献寨神，祭献祖宗。

每个哈尼山寨，都有自己的一片寨神林，无论条件再差，都不能缺，只是规模大小的问题而已。护佑寨子的寨神，就居住在寨神林里。这是力量的象征，团结的象征，繁衍生息的象征，吉祥安康的象征，是哈尼族最直接亦是最显著的保护神。寨神林都设在寨子上方，四季常青的密林，用茂盛的枝叶长年掩映着古老的山寨。每天，山寨则用袅袅的炊烟，抚摸着碧绿的林子，诉说着生命的不息，诉说着一个山地民族与树林的密切关系。每天，看着这样的林子，住在这样的林子下，哈尼人心里才踏实，才会感觉到自己的人生是有依托的，未来是充满着希望的。

由于居住地域的差异，和民族支系的繁多，哈尼族各地祭祀寨神的时间，并不尽相同。农历十月哈尼十月年后，每年的冬末和春初，各地的哈尼人就前前后后纷纷举行祭献寨神林活动。选一头毛色纯净的架子猪，全村人统一在寨神林里宰杀，磕献寨神树后，根据村里人家的户数，不管多少，现场把猪肉平均分配给各家各户去祭祖，份肉里连血水都不能少；同时，染出五彩蛋，敬献给寨神树。哈尼族以这种特殊的方式，感谢树神给哈尼梯田带来源源不断的山水，给哈尼山寨带来绵绵不断的生命活力。

祭寨神由寨子里的咪谷主持。咪谷是由寨人统一选出来的村子里的民间宗教领袖，其选举的最基本的条件是：夫妻双双健在，儿女双全，家庭干净，家族历史上没有发生过恶

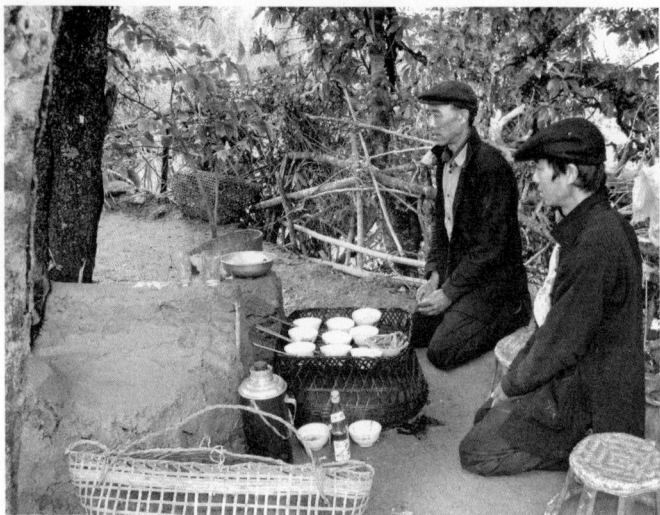

咪谷为寨人祈福

性事件，没有家人意外死亡；个人正直、清白，没有是非流言，四肢健全，有一定威望的男子。通常，一个村子的咪谷，都要一正两副三人。村子里，咪谷负责的最重大的事情，就是组织祭祀寨神的活动。每当祭寨神节来临之际，咪谷就会提前几天安排人，一边通知村里的人，一边准备相关的工作。主要就是告诉村民祭祀的日期，向村民收取所需的份钱，购买做牺牲的猪和鸡等畜禽。

在正式出祭的一月前，咪谷和他的两位助手就要遵守一些禁忌，如禁食一些腥味秽气的食品，禁止与妻子同房，夜里睡觉要面向东方朝着寨神林方向，等等。到了正式出祭的这天中午，咪谷和他的两位助手就沐浴净身，换上民族传统的对襟黑色长褂，包上净色的黑包头巾，严肃端庄地走在前，带领着村里的男人们，抬着篾桌，捉着大红公鸡，赶着毛色纯净的大黑猪，背着糯米、彩蛋等食品，一群人浩浩荡荡地走进寨神林里。平时极其安静的神林，突然被嘈杂的脚步声吵醒，被人们祈讨安康的心声吵醒。在寨神树前的小平地上，男人们生火、烧水、杀鸡、宰猪……一切都是那么繁忙，却又极其井然有序，不需要谁来分工，所有的人都是积极、主动，自觉自愿地操忙着。大家心里都清楚，此时，神在看着，老天爷在看着。你的表现，就是你的态度。而对男人们来说，自己乃至全家来年的全部吉祥、安康和幸福，好像就看自己今天对寨神的态度。没有谁愿意因为自己的懈怠、懒惰和不纯，而给家人的来年埋下祸根，以致带来不幸。

紫色的炊烟，一缕缕，在枝叶间缠绵，然后，不慌不忙地穿越林子，袅袅升上天空，仿佛是向寨神表达子民的感谢，又像是向寨神表明村庄的生机。阳光一束一束地从浓密的枝叶间射进来，照在紫烟上，照在落叶上，形成大大小小不规则的碎块，亮得刺眼。

鸡肉和部分猪肉在林子里煮了贡献寨神，然后由咪谷和寨子里的长者食用。大部分猪肉要根据寨子里人家的户数，平均分成若干份，连血和肝都要等分，再少也不能缺。每户人家，把从寨神林里领回来的份肉，用寨子里老井的泉水煮了，切成细片，和茶水、酒水、糯米粑粑、米饭一起，祭献祖先。这些祭肉还不能一次性煮完，要留下少部分吊干，等开春泡秧子时，烘干揉碎拌进种子里，以求种子也获得昂玛神灵的护佑，使重新回到大自然怀抱的稻种，出芽好，禾苗壮，长势喜人，秋获丰收。

作为做牺牲的那头猪的份钱，所属寨子的人家，无论贫富，也无论人口的多寡，每户都必须均等出资，贫困的人家想少出不行，富裕的家庭想多出也不允许。但每年祭献寨神林时，寨子里个别人家，平时灾难不断，或者某方面老是出现这样那样不顺的境况，可以向主祭咪谷提出申请，单独捐出当年祭献所需的牺牲大公鸡，或者负责出购买大公鸡的钱，特批男主人向寨神树特意磕拜，祈讨福分。这是祭寨神节的一个特例。

寨神林是谢绝女人入内的，平时如此，祭献的大日子里更是如此。连取祭肉，也只允许清一色的男子，戴着帽子，小篾兜里垫着新折来的野芭蕉叶，虔诚地按村里寨老的指示——领取。

节日期间，寨子里要统一休息三天。这三天里，寨子里任何人不许下地干任何活计，不许到菜地拿菜；任何人不许洗衣裳、晒衣服，也不许公开洗头发；村里人不许成群结队出村搞集体活动，也不许有任何车辆出入寨门；等等。每逢节假日，哈尼人家特别注重家庭的和谐、吉祥、安详，认为只有这样，平时才能获得安宁、幸福，保证家庭的安康、富强。所以，这期间，哈尼人用一些禁忌，阻止大家的一些活动，以求减免一些事端的发生。总之，让人和自然都进入一个短暂的宁静时光，休养生息。

风吹寨神树，那簌簌的声响，像寨神的轻语。在咪谷轻声细语的祷告声中，所有在场的男人，不分老小，不分名分，一律齐齐地曲膝跪在寨神树下。此时，所有的人都那么虔诚，每一个人，都感觉着自己的软弱和渴望，向神灵祈求着安康和力量！每个人，都能感觉到，自己正在走近祖先，走近神灵，虚空的生命，获得依靠和庇护。

关于祭寨神的来历，哈尼族民间有多种说法。其中有一则传说大意是这样说的：

相传在久远的年代，有个哈尼寨子里有一个寡妇，与独生儿子相依为命。由于母亲的溺爱，儿子长到18岁了，却从来不知道要到田地里去干活，成天只会拿着一副弓箭，游山玩水到处去练靶子。一次，小伙子从一只老鹰的喙下救下一条小蛇，并把小蛇带回家给它疗伤，等伤好后又把它放归山里。后来才知道，原来，小蛇是村后山中龙潭里龙王的小女儿。为了报答小伙子的救命之恩，龙王要送宝物给小伙子。在龙女的示意下，小伙子索到了龙王的镇宫之宝。拥有了这个宝珠，世间万物包括动物植物发出的任何语言，都能听懂。但不能泄露秘密，否则，会遭到报应。一次，小伙子在山上听到禽兽们在纷纷议论，说当地马上要暴发洪水，大难就要临头。

小伙子立即赶回村里，把消息告诉寨子里的人。可是，寨子里的人都觉得他成天只会游手好闲，无所事事，谁也不肯相信。小伙子心急如焚，只得掏出宝珠，说出了所有的秘密，然后，便在村头化成了一块石头。看到这突然的变异，寨人相信了，全部及时搬到高山上，躲过了浩劫。洪水退走后，寨人回到村里。后来，寨人在那颗由小伙子化成的石头旁，栽上树木，以此怀念并祭献。长此以往，渐渐地，便形成了祭祀寨神林的仪式……

而《都玛简收》里是这么说的：一次，人类碰到了一场来历不明的可怕的大瘟疫，哈尼人遭受到空前的威胁，连寨里的长者和莫批都束手无策。后来，是简收历经磨难，从天神莫咪和水中龙王那两处求得了退除灾疫、解救人类的方法和妙药，才使大地重新获得安宁，欢声笑语重新回到人间。事后，简收告诉人们："忌讳的话不能说，忌讳的事不能做，先祖烟三的忌日不能做活计。要祭祀祖宗，要祭祀寨神昂玛，要祭祀神灵，不然瘟疫还会再来，灾难还会重现。"人们听从简收的话，从此，哈尼山寨才有了相关的祭祀活动。

哈尼山寨的昂玛林，它不仅仅是给予人庇护，给予人力量的象征，它还是凝聚人心的符号。

祭祀寨神林，相当于是祭祀阿倮欧滨神林的一个缩影。

我在绿春的时候，虽然在单位上工作，但一直住在自己衣胞的村庄阿倮那安，每到这个节日，就恭恭敬敬地戴上帽子，或者包上包头巾，到寨神林里去亲自参与活动。用家里平时盛饭的小篾兜，装好自家分得的份肉，用一只小土碗，装着寨老分给的一小撮已板结的猪血，小心翼翼地把祭品取回家。然后，与妻子一起，用凌晨从村尾的老井里取回来的水把供品煮熟，并端茶上酒，舂糯米粑粑煮新米，亲自完成家里的一整套祭祖程序。

祭祖，是哈尼族几个重大节日的重要仪式。如辞旧迎新的称腊干通十月年、祈求安康祥和的昂玛突祭寨神节、祈望丰收富足的苦扎扎六月节，以及春节等等。关于哈尼族祭献祖宗的来历，小时候，我在火塘边曾听母亲讲过这么一个故事：

传说，远古的时候，在一个哈尼山寨里，有一个寡妇，独自抚养着一个儿子过日子。由于孩子从小没有父亲，母亲为了给孩子弥补缺少父爱的缺憾，百般心疼孩子，千方百计给孩子吃好穿好，管冷管热，大事小事全部自己包揽，从来不让孩子做什么。

斗转星移。随着时光的流失，妇人渐渐上了年纪，年老体衰，再也无力做田地间的重活计了。而此时，她的儿子也早就长大成人。看到母亲已经不能劳动，小伙子只得无奈地扛起屋角的锄头下田，承担起家里的农活。母亲为了减轻儿子往来山寨与田间路途的劳累，每日在家里做好饭菜，然后给儿子送到田里。但是，心里憋着气的儿子却不领母亲的情，认为自己的劳苦都是母亲造成的，今天说饭送早了，明天又说送晚了，每天都要找茬打骂母亲。母亲不知所措，左右为难，但强忍着伤痛和委屈，每天照样给儿子送饭。

有一天，小伙子正在铲田埂。他看见一只田鸟，嘴里叼着虫子，经过田间，落进田边的一丛草蓬里。后来，他注意到，那只母鸟不顾酷热的烈阳，一整天就这样不停息地在田间来来回回地往返飞翔，送回食物。他好奇，就走近草丛查看，发现那里有一窝刚出壳的雏鸟，每次母鸟一回来，就都齐齐地张开嫩小的黄喙，接受母亲喂食。小伙子看着，想着，心里大有触动。他知道了，母亲就是这样，一点一点地辛辛苦苦把自己养育成人的。但自己却天天埋怨母亲，打骂母亲，他悔恨不已，决定从此好好做人，孝顺母亲。恰好这时，他看见高处弯弯曲曲的山路上，一个熟悉的身影时隐时现地往田间下来，小伙子知道，那是母亲送饭来了。他心里一高兴，丢下锄头，走出水田，跨步就往山路上跑。而下坡来的母亲，也看到了突然狂奔而来的儿子，心里一紧，不知道今天又怎样得罪了儿子，居然等不得她到达田间，要跑到路上来打。母亲越想越伤心，越伤心越绝望，就觉得与其这样每天不明不白地受不孝之儿虐待，还不如一死了之。她就放下身上的背箩，一头撞向路边的一棵大树……等儿子赶到时，老母亲已经气绝身亡。小伙子追悔莫及，抱住母亲的遗体，哭得死去活来。后来，小伙子又砍倒母亲撞亡的那棵树，砍断一截，扛回家中，供在家中的正堂上，当作母亲的替身，早早晚晚天天哭诉，寄托自己的哀思。后来，小伙子的这种善行，渐渐在村里传开，再后来，就有人渐渐模仿，怀念先人。再后来，随着时间的推移，就形成了固定的节庆祭奠活动，在所有的哈尼族地区推行开。所以，现在哈尼族人家正堂正面向左一角，钉挂祖宗神龛的地方，都立有一棵顶着上顶和下底的手杆般精的木材，那是祖宗神龛的组成部分之一，即家里的神木。

哈尼人除了参加自家寨子的祭寨神活动外，如果有机会，也渴望能够去参加其他村寨的祭寨神节。祭寨神是每个纯粹的哈尼人都十分在意的一个节日。在哈尼人的世界观里，丢魂是一件很可怕的事件，轻者生病，重者丧命。所以，哈尼族的生活里经常可以碰到为某某叫魂之类的神性活动。即便是日常生产生活中，发生了一场什么，或者经历了一个较为特殊的事件，哈尼人就要进行一些个人或家庭性叫魂的仪式，譬如栽完秧后的叫秧魂等。哈尼民间有个说法，只要当年参加了三个寨子的祭寨神节，或者吃到三个寨子祭寨神节的食品，当年内就可免叫魂。这里的"三"，其实有众多的含义。意思就是说，一个人在祭寨神节期间，享用到这么多寨子的祭品，说明这肯定是一个有福气的人，获得了神灵和冥冥中的祖先超强的护佑，身强体壮，当年就可免除被"丢魂"的可能。

我住在绿春阿倮那安村老家的时候，每当哈尼族的节日，特别是碰到祭寨神节这样的时候，在县城山梁上工作的要好的朋友们都要到家里来做客，有时还拖儿带女的，在我家的祖宗神龛前下跪磕头，在篾桌上品尝祭品，以祈求哈尼先祖的庇护，来年健健康康，无病无痛。

在哈尼山寨里，没有一个节日是为了娱乐、安逸、一饱口福而设的。而是为了感恩、敬奉、怀念而产生的。更多的出发点，是出于祈安、祈福这样的目的。以节日的名义宰杀并分配给每户人家祭祖的这份祭肉，已经不是一般意义上的猪肉了，它赋予了祖先的福气与护佑，携带着父母的牵挂和祝福，家庭的温馨与和谐。

　　每年的十月年、祭寨神节、六月节以及绿春县城山梁上12个哈尼山寨同祭阿倮欧滨分水岭这四个年节，除了祭献阿倮欧滨神灵是12个寨子统一宰杀一头猪外，其他的三大节日，每个寨子都是各自活动，寨子里都要统一宰杀一头毛色纯净的黑猪，以此为牺牲，祭祀各自的神林，祭献各自的先人。这是家人团聚的时刻，是家人向祖宗磕头祈福的时光。但从21世纪初以来，在单位上班的我的兄妹们，先后离开了故乡绿春到外地工作。老家渐渐成了随岁月陈旧的老巢，而父母成了飞不动的老鸟，抱紧自己越来越老朽的翅膀，守护那亲情的老家。路途的遥远，加之工作的原因，回家也越来越成为一件奢侈的事，不要说平时，就连那些亲人团聚的节日，也很难一一如期回去了。这样，每逢山寨的节日，在家的父母先在祭祀中向祖先为在外的儿女们虔诚地祈祷，祈求祖先保佑大家在外平平安安，工作顺利，生活幸福。然后，又留下一部分祭肉，千方百计送到儿女们工作的城市。儿孙们吃到了这些祭品，权当到了现场，在老家祖宗的神龛下磕了头，获得了祖宗的保佑。有时，就让家族还在老家的某个子孙，代表在外的亲人们，一边报着大家的称谓（名字），一边一一给祖先磕头祈福。

　　这是每一个已经打拼到外地的同胞面临的问题，亦是一种继续获取哈尼祖先庇护的方式。

那天夜里，当五妹从二哥的车上取下食品袋，取出几包糯米粑粑，连同一小坨猪肉交给我时，我仿佛看到父亲弯腰曲背地在屋里屋外忙碌的身影。估计这次父亲一定忙得很开心，因为恰好碰到二哥到蒙自办事，他可以把祭品如期地送到儿孙们的面前。以前有时实在送不出来，父亲就会把祭肉串在火塘上方的竹条上吊干，留等时机。糯米粑粑是用新采来的野芭蕉叶包裹的，朦胧的路灯光下，这些来自故乡深涧的绿色叶片，透射出暗绿的色彩。糯米的香气和野芭蕉叶的清香混合着，在蒙自深秋稍有寒意的夜风里温馨地飘荡着。

链接

[祭献祖宗]

每一个本民族的节日，哈尼人家都要祭献自家的祖宗。哈尼族崇尚万物有灵，是以祖宗神灵为主的崇尚万物神灵的民族。

祭品都是一式二份，以篾桌为台来置备。先祭内祖，再祭外祖。祭品以茶、酒、肉、糯米粑粑、饭的顺序，一一端放到安置在墙壁上的神龛上，再摆放一双筷子。家人以从小到大的顺序，先跪磕内祖，再跪磕外祖。祭毕，还要各取点肉和酒、米饭等，到自家屋后的墙角，垫一片芭蕉叶倒掉，祭献野鬼。

簑桌上摆好的祭品

　　而后，依从大到小的顺序，到簑桌前每人品尝两口祭肉。茶和酒千万不许倒掉，须由当家主人喝，当家主人喝不了，再指定其中的某个家人代喝；米饭也如此。

　　祭献的碗筷是专用的，祭毕即收起。

[祖宗神龛]

　　但凡哈尼人家，家家户户的正堂里都有两个神龛。神龛为竹条编制的小台子，长宽相差约十厘米，用竹条钉在正壁左墙上的

哈尼人家祖宗神龛

为内祖神龛，即自家直系祖宗的神位。钉在副壁右门扇背后墙上的神龛，为外戚祖先的神位。

祖宗神龛，除了作为祭献祖先的神台，作为祖宗的神位外，还作为弟兄分家的重要依据。树大分枝，人大分家，这是人生的常理。哈尼人家的儿子，长大娶媳生儿育女后，从父母的老祖屋里分出来，另外起房成立新的家庭过独立日子，这还只是常规的分家。一旦从老祖屋的神龛上分几根竹条取回来，重新编制出自家新的神龛钉上墙壁，才算彻底分家，以后才有资格成为一脉新的血缘的老祖屋。

内祖神龛旁边的墙角，立着一根独立的栗木柱，那是家神的神树，就像寨神林里的寨神树一样，是神龛的一个重要组成部分。平时，家里做法事，或者过年过节时斩杀的鸡鸭等牺牲，都要拔几支翅羽插在神木上。

彩蛋：哈尼人七彩的童话

这一兜彩蛋，是女儿从绿春阿倮欧滨山脚下的村庄阿倮那安老家带回来的。十多颗蛋，有红、黄、绿、紫、蓝、粉红、淡黄等色，花花绿绿一兜。

这是祭寨神节染的蛋，是被寨神抚摸过的圣品。

染彩蛋，是哈尼族祭寨神节里的一项重要内容。

当气候回暖，万物复苏，明媚的阳光带着和暖的轻风一遍遍走过滇南大地陡峭的半山腰时，哈尼人就知道，新的一个春天，和燕子一起，又回到哈尼山乡了。这个时候，哈尼人就要择个属牛的吉日，以村寨为单位，进行一年一度的祭寨神活动。这个祭祀活动，哈尼话叫"昂玛突"，也叫"昂玛熬""昂玛罗""昂玛浆罗"等。"昂玛"，就是寨神，这里可借指元气；"突""熬""罗""浆罗"等，指祭祀、供奉、祭献等，因为地域的差异，和民族支系的众多，一个地方与一个地方的叫法，存在语言上的一些差别。虽说法不同，但大意相近，其意就是祭献寨神，祭奉神灵，磕拜、祭献力量之母、气力之源，以获取源源不断的生命动力。活动的主要内容，就是放下劳动，由咪谷组织、带领村里的男人们，到寨头的寨神林里，在祖传的寨神树前，杀猪祭拜，祈讨福分。

寨神林，在哈尼人的认识里，是生命之源，乃至一切之源。

自小生长在哈尼山寨，直到2003年自己已经38岁那年的春天，我才正式离开衣胞的村庄阿倮那安，离开寨神林，离开阿倮欧滨，翻山越岭，把成天浸泡在乡俗里的躯体，从红河南岸的哈尼山地，带到红河北岸的汉族地区，带进内地，即所谓的红河州的中心城市。这之前，每年的祭寨神节，我都以一个村民的身份，直接参与到村祭的活动中。曾有一段时间，自家祭献祖宗的仪式，还是自己亲自操作的。我对这个民俗十分熟悉，而最鲜明的印象，当然就是彩蛋了。

这是阿傈欧滨护佑的哈尼村寨里，一个普通而别致的民俗活动，渲染着对多彩生活的歌颂、渴望与追寻。同时，亦深深地表现了民族内心对安康、祥和、富足生活景象的意愿、祈祷与向往。

还是孩提的时候，我们用竹兜背彩蛋。竹兜是特意编制的，是家里的大人专门编给孩子们用的。因为要砍竹破篾什么的，所以不是那么轻易好做，祭寨神节想拥有一只竹兜，也就不那么简单了。但这个时候，总有汉子乐意放下平时的威严，高高兴兴地为孩子们去编织竹蛋兜。一只竹兜可以装三五颗蛋，小巧而轻便，又有一定的弹性，里面的蛋不容易碰烂。花花绿绿的彩蛋搁在青绿的新竹兜里，若隐若现。山娃们一个个挎着蛋兜到处溜达，一会跑进寨神林，一会跑到梯田，村里村外到处找伙伴，相互在暗暗地攀比着各自竹兜里彩蛋的数量和色彩的多寡，喜悦之情溢于言表。

也有用棕叶编织蛋兜的。相比较而言，这个就容易多了，把棕叶撕成条，编织成网兜状即可，技术性、难度、观赏性、实用性，都不可与竹兜比拟。

后来，女人们又有了新的发明，用毛线来编织蛋兜。这是哈尼年轻女性的创举。这个就不仅仅是实用了，还掺杂了一些艺术的成分在里面。用不同颜色的毛线编织蛋兜，根据技艺，织出不同的花色。彩色的蛋兜和彩蛋混搭在一起，真正的有了点花团锦簇、相映成趣的味道。这时，彩蛋已不仅仅是少年儿童们的专用了，也成了年轻人的爱物。年轻的男女们除了相互赠送彩蛋外，还常常把蛋兜吊挂在自己宿舍的门头、窗口、梁柱上，点缀和温馨自己青春与爱情的小屋。

那是对爱情美好的一份祝福。

每年的祭寨神节，家里都用大锅煮上一大盆蛋，染出数十颗，甚至上百颗的彩蛋，摆在正堂里，五颜六色，不失为一道别致的影像。哈尼族民间有个说法，即一年内若能吃上三个寨子祭寨神节的祭品，那人当年内便可免叫魂。意思就是说，这个人那年可获得几个寨神的护佑，可以无灾无难，不病不痛，吉祥安康。而所谓的祭寨神节的食品，代表性的就是祭肉、糯米粑粑和彩蛋。祭肉是十分有限的，且不方便随意送人，糯米粑粑也不是那么方便，相比较而言，蛋就要普通多了，作为当地梯田的一份特产，亦适合做礼物。所以，染好的彩蛋除了供奉神树、祖先和送给自家的孩子外，也要送给左邻右舍和亲朋好友的孩子们；有亲人在远村或者在远方的，只要能送达，也要把彩蛋和糯米粑粑一起送过去。

我在绿春老家时，每逢这个时候，常常邀约朋友们前来家里过节，一同享用哈尼寨神和祖先赐予的福分。1999年前，绿春还没有文联，我在阿倮那安村里的家，就被朋友们誉为民间文联。当时，在绿春有一定影响的文学作者，大多到过我的家。几个处得不错的朋友，逢年过节到家里，说都不说一声，就跪在我家的祖宗神龛下，和我的家人一起叩拜。当然，自己也常常被邀请去乡下的朋友们的家里做客，也可以收到其他村寨的亲戚们送来的彩蛋。收到这些圣品，内心里自然乐呵呵的，总是要把玩一番。有时舍不得吃，一不注意就把蛋放臭了，叫人懊恼。却也只能悄然在心底向神灵忏悔，请求原谅自己无意的疏忽。现在，离开了真正的哈尼山乡，离开了哈尼山寨，山高水长，这些祭寨神节里的食品，已经轻易到达不了自己的面前了，想享用几个村寨的祭品，越来越成为一种奢望。但每年，还是能得到父亲从老家托人带出来的食品，除了彩蛋和糯米粑粑，还会有手指大小的一两条猪肉。那点猪肉是寨子里作为献给寨神的牺牲，统一宰杀平均分配给各家各户祭祖的供品。寨大户多，各家能分配到的肉量会很少。但即使再少，每年父亲都要舍一部分下来，认真处理好，送出来给在外的孩子们。我再在城市的家里，叫拢在蒙自的兄妹和亲戚们，把那点祭品切碎煮好连汤端上，热热和和给每个人都品上一口。虽然我们已经离开了村庄，但我们的根仍然在衣胞的村庄里，让至上的寨神，依然看得到我们在外游荡的身影，照顾到我们在外漂泊的心灵；让永远的阿倮欧滨，照样把我们搂在她亲情的怀抱里，一直温暖大家远游的灵魂。

热爱树的人和民族肯定会很多，无以计数。但像哈尼族一样，把树当神，把树当作一个寨子的保护神，当作一个人生生世世的保护神、魂魄之源、精神之母，并形成整个民族传统的重大祭祀习俗，一年一度给予隆重祭拜的，肯定会很少，甚至可能没有。

这些蛋是通神的。它被"穿"上各色的彩衣，带进神林，和茶水、酒水、肉、米饭一起，供奉到寨神的祭坛上。而即使平时，这些产自梯田的蛋，亦通过来自寨神林里的田水，连通着寨神的神脉。

彩蛋，是哈尼人献给山神、树神、水神的心灵之花。

这次真巧，春节七天假一结束，次日就是祭寨神的日子。因为长年在外工作，没能亲自参加家乡的祭寨神节，也有一些年头了。对于一个传统的哈尼人来说，这是一次十分难得的机会。而我自以为，自己就是一个传统的哈尼人，无论这些年在外如何漂荡，心里一刻也没丢掉从母亲的血液里承接下来的自己民族的那点血性，没有丢掉对自然的那份天生的敬畏情怀，没有丢掉从小在族亲的村寨里土生土长而深深地刻入骨肉里的那块民族的烙印。但这次仍然未能遂愿。兄弟姊妹几个都在外工作，因为假期已经结束，忙着赶回去上班，身不由己，如时离开了家乡。就把得闲的女儿和一个侄子留了下来。

我们已经成了路上的行者，只能把村庄背在身上，把神林种在心里。

我们只有在匆匆走过寨神林，匆匆路过阿俅欧滨山林时，眷恋地多看上几眼，多来几个深呼吸，多吸几口寨神林和阿俅欧滨神林吐出的气息，让其长久地氤氲在自己的心腔里。

最高兴的还是父亲，这个曾经长期离开村庄，如今又彻底地回归村庄、融入村庄的老人，在这样重要的节日，既有了他的孙儿们陪伴他过节，保证了节庆里亲人的相聚与家庭的热闹，有了在祖宗神龛下一个接一个地磕头的身影，同时，也不消再去顾虑没有人帮他捎带圣品去给他在远方的孩子们。

他到寨神林里，向寨神祈讨儿孙们的福分；在祖宗神龛下，向祖先祈讨儿孙们的安康。他不管这是女人们做的活计，自己亲自烀蛋，亲自染蛋，忙得不亦乐乎。

传统的彩蛋，是用几种植物的汁浸染的。色彩没有那么丰富，多半是红、黄两种。我知道，有一种叫奥果，每到这个时候，母亲就从山上采来那种植物的叶子，煮出浓浓的汁水，倒进土碗或者相应的盆里备用。到时，只需把煮好的蛋再浸泡，滚几滚就可以了，染出来的蛋，深黄的色彩很艳丽。有一种叫乌丝藤，其汁泡出来的蛋，是红色的，颜色很柔和。

在这个季节，哈尼人也用这些植物的汁水，浸染出黄糯米饭或者红糯米饭，煮好香喷喷地献给寨神、树神，祈望来年气节美好，水源充沛，确保生产顺利；献给春神，表示对春天的热爱，同时祈求春神春光明媚，护爱稻禾，确保秋天大丰收。

后来，不知从何时起，染蛋已用上了化学物品，需要时到市场上去购买就可以了，十分方便。这是一些颗粒和粉尘状的东西，各种颜色的都有，用时，根据情况取适量的颗粒放进器皿里，倒热水溶解就可以了。也不知这些物品最初是为了用于什么而配制的，方便是方便了，各种种类的选择性也大了，但沾染在手指上，轻易洗不掉，不知有没有害。哈尼族献给神灵和孩子涂染的彩蛋，从天然植物的汁水，到现代科学的药方，我一点也不觉得这是一种进步，只以为又是现代工业产品对民族传统生活方式的浸透与替换。也有用紫药水泡染的。我知道，除了染蛋外，平时，有的哈尼妇女也常用这种自兑的药水染包头巾的缨络。哈尼妇女的包头巾是一块正方形的布巾，四角缝有近20厘米长的线束为缨络。根据自己的喜好，哈尼妇女常把线束染成彩色的，戴在头上，鲜艳惹人。不过，现在缨络也有现成的彩线了。

彩蛋放在筲箕里，花花绿绿的，宛若一个色彩的世界。这样的彩蛋，只会出自民族天真的童话里；这种原始的图腾，

祭寨神节彩蛋

只会出自哈尼纯净的心灵里。

恍然回首，离开故乡也有些年头了。但与村庄的关系，与树的关系，与大山和土地的关系，一直没扯断过。要么几块糯米粑粑，要么几颗鸭蛋，总是以这样那样的方式，维系着这脉亲情。

今年春天这么多的彩蛋，不全是自家的。女儿说，她外嫁的娘娘和外村的同学知道她要回城，都送来了一些。这样，在远离故土的异乡，我照样可以吃到几个山寨的彩蛋了。我的心里暖暖的，双手捧起一捧花花绿绿的彩蛋，我仿佛看到，咪谷带领村里的男子们在寨神林里齐刷刷地跪下叩拜神树的身影；捧着一捧彩蛋，2012，这个吉祥的龙年，我仿佛觉得，自己捧住的，是一捧红红火火热热乎乎团团圆圆和和美美的日子。

阿倮欧滨的十二股水

是哈尼人活命的水

阿倮欧滨的十二股水

养活了七十代的祖先

阿倮欧滨的十二股水

养大了七百代的后人

——《都玛简收》

树：水的另一种流动形式

生活在绿春县城多娘阿倮梁子上的人，祖祖辈辈喝的是阿倮欧滨的水，用的是阿倮欧滨的水。阿倮欧滨茂密的原始林源，像一座庞大的绿色水库，给这里的人们提供了绵绵不绝的生命之水。

一棵树，就是大自然最典型的象征。

一棵树，亦是生命最本真的符号。

哈尼人甚至这样认为，树，是水存在的另一种特殊形式。

看到了树的身影，就看到了水的身影；听到了树晃动的声音，就听到了水流淌的声音。

在民族漫长的历史进程中，当哈尼人在万事万物中寻找诸神的形象代表时，树，毫无疑问地成了首选，并一直伫立在哈尼人膜拜的心中。而敬奉自然，热爱森林，哈尼人也不会是天生就懂的，这是在与大自然长期的相处相交中，甚至在无情的争斗中，逐渐有了认识、清醒、接受，乃至屈服，继而忠于、追随，最终自觉自愿地跪拜在大自然的脚下，跪拜在树的脚下。

这是一个民族的觉醒与选择，更是一个民族的幸运和幸事！

在哈尼族的多部史诗里反复提到过，阿倮欧滨的清泉，从这里分成12支水流，分向四面八方，分向这个世界上哈尼人生活的任何地方。这里的"12"，只是虚指，它代表了范围的广阔，甚至无限。而这个事件，则指明并强调了这个遥远而神秘的山地，是哈尼人的一条根，一股生命的源头。实际上，今天想真正感受哈尼这个边地民族，了解哈尼这个特定民族根本的文化，只有到阿倮欧滨的腹地绿春了。或者说，至今还能较完整地保存哈尼族的生活体系，较坚固地守住了哈尼族本根文化的，已经唯有素有"哈尼山乡"之称的绿春了。历史是有根据的，亦是客观的。哈尼族代代传承的口碑文化，把一座山、一片林、一股水摆在一个民族生命的高度，灵魂的高度，不会是一时心血来潮的举措。

同样，选择阿倮欧滨，也绝不是偶然的。

除了人畜的生命所需，水对哈尼人还有一个十分重要的因素，那就是梯田水稻生产。

哈尼人作为典型的山地稻作农耕民族，她的根是梯田，而梯田的根是水，水的根是树。

在哈尼人的认识里，树，是水的母体。归根结底，树，是水的另一种流动形式。

那一片片的树林，自不必说，是哈尼人心目中一座座的水库、池塘、湖泊；那莽莽的原始森林，在哈尼人的心里，无疑就是碧水滔滔的汪洋大海。这些特殊形式的水，一坡坡、一山山，以自己特有的方式，在漫山遍野地"流淌"……

哈尼族是一个典型的山地稻作农耕民族，其耕作的主要方式，就是栽种水稻，经营梯田。水，是哈尼梯田稻谷生产的唯一保证；水，完全可以说是哈尼农业大系的命脉。

重要而特定、漫长的稻作生产，让哈尼人对水产生了特殊的情感和依赖，从而产生了对树的情感和依赖。

一股水，从远古淌来，至今流淌在阿倮欧滨山上。

这是一股生命的血脉，穿越民族千年的血缘，至今，依然流淌在哈尼人沸腾的胸怀里。

除了阿倮欧滨传统的神林，在阿倮欧滨山脚下，顺阿倮梁子逐一而居的几个哈尼山寨，在阿倮欧滨所系的山林片区里，都有约定俗成的水源林，那是世世代代逐渐形成的。各村各寨的水源林基本相连着，像寨神林一样重要。每个村寨都派出专职的守林员，像守护生命一样守护着。平时谁抱侥幸心理，胆敢偷伐水源林的柴木，发现后是要被重罚的。其实，这各村各寨的水源林，就是阿倮欧滨密林的重要组成部分。那时，阿倮那安村的守林员，是一个高氏家族的男人，因为祖上的一些攀联，与我的家族有着沾亲带故的旧缘。虽然年纪比我们大多了，但因为是同辈，我们都叫他哥哥。那时，经常见他扛着一把哈尼弯刀，早出晚归，往阿倮欧滨山上跑，十分敬业。

无疑，哈尼族是一个真正的大山的民族，以山为家，以树为亲；同时，哈尼族也是名副其实的水的民族，假如离开了水，哈尼族的历史和文化都将得重写。

山林下的村庄

　　一座阿俾欧滨大山，哈尼人祖祖辈辈虔诚地匍匐在她的脚下，这是匍匐在大自然的脚下，说具体一点，其实就是匍匐在树和水的脚下，如此明确而坚定。这是哈尼族千百年的认知和积淀，是历经无穷的生命体验后对生命的最终体会和尊崇。对阿俾欧滨的膜拜和祭祀，只是把它更具体化、生活化、大众化，深入到每一个绿春哈尼人的日常行为之中，乃至骨髓里。

　　阿俾欧滨神林，就是一座迷人的大海，一片汪洋。

　　在自然的状态下，有林，才会有水，才能保得住水，这是谁都懂的道理。在哈尼人世居的大山里，这个道理尤其直接、实用。假如没有满山遍野的树林护住环境，守住绿色，哈尼梯田一年四季需要供水的企求将成为空谈；反之，随便一场雨水，就能把挂在大山陡坡上的哈尼山寨和层层峦峦的梯田，轻而易举就冲进山脚底的河水里，埋葬在排山倒海般的泥石流中，彻底毁灭哈尼人现在的生产生活方式，改变一个民族的性格和本质。

　　接受并热爱自然，是哈尼族对生命最直接、最真实的尊重。而这样的尊重，最明显、最突出的，表现在对树的敬重和爱护上。而在多娘绿春，则表现在对阿俾欧滨神林和山水的彻头彻尾的敬畏和供奉上。

　　树，是哈尼人心中神圣之书的一幅封面，也是哈尼人最深邃的精髓所在。

　　命运决定哈尼族要大写特写"树"这套系列丛书，而在多娘绿春，阿保欧滨，是书写得最直接、最生动、最详细、最浓墨重彩的一部。

哈尼人：一个真正的水的民族

　　可以肯定地说，哈尼族是一个真正的水的民族。

　　在历史的记忆里，哈尼人最初的家园曾经在大西北的高原上，要么是在大湖畔，要么就是长河边，在水波荡漾、水草丰美的清爽天地里，骑着马，牧着羊，过着自由自在的游荡生活。那是何等悠闲与潇洒的光景啊！而更漫长的时光，哈尼人的脚印刻录在不时的临时定居与不时的长途迁徙的交替岁月里，或被烽烟熏染、或受疾病纠缠，与各种各样的灾难为伴，过着动荡不宁的日子。哈尼族以往的族史，其实主要还是一部在路上的迁徙史。作为决定性的安居，哈尼人最终在哀牢山红河南岸山地为主的大山深处安家落户，繁衍生息。据史料记载，于1300年前，哈尼族终以开垦梯田为最主要的农业耕作方式，从而画出奠定了一个边地民族的生息的符号，也完全彻底地揭开了哈尼人与水的不解之缘，重新诠释了哈尼族与水新的生命历程。

现在，对哈尼人及其生活地理位置的基本定位是：山地稻作农耕民族。

不错，哈尼族是名副其实的山地民族。哈尼人住在大山深处，住在半山腰上，住在1500米以上的高海拔山区。哈尼人所生活的山峰，青峰滴翠，云雾缭绕，蜿蜒起伏，气势磅礴。这些山，一山更比一山大，一山更比一山高，每一座，峰顶都直插蔚蓝的天空，山谷都是深不见底的万丈深渊。村庄就像是被神种植在山地上的蘑菇，一窝窝，挤在陡陡的半山腰上。上上下下，一间房屋与一间房屋之间，好像堆叠起来的一样，层层垒高。地无一尺平，出门就爬山下坡，是当地的路途特色。一座村庄与一座村庄，隔河相望，相互间互叫可应答，一上一下，往来却要走上个大半天的时间，那沟壑有多深，那山路有多陡峭，是可想而知的。

是的，哈尼族是真正的稻作农耕民族。稻作，是哈尼族农业生产的最大动作。栽种水稻，是每一位地地道道的哈尼人生命里最重要的生产手段。一个传统的哈尼人的一生，与稻谷休戚与共，息息相关，可以说就是耕耘梯田，种植水稻的一生。

一粒谷种，除了在粮仓里待着的那短暂的休眠时光外，它生命的时日，长久的是借助水的精血传续的。

水，通过对一粒稻子的命运的穿越与主宰，来控制和掌

哈尼族传统蘑菇房

握一个哈尼人属于山地和劳动的命运。

从表面上看，哈尼人普遍面色黝黑，长相粗犷。其实，从整体而言，特别是从心性而言，哈尼族，是一个像水一样柔软、温驯的民族。他们心胸宽广，以善待人、待事，不善于争强好胜，更不会夸夸其谈，一生默默地承受着生活给予的苦难与压力，无论任何条件下，永远用一颗感恩和敬畏的心，面对眼前的人生，面对这个险恶的社会，面对一切。就像那穿石的水滴，简单、弱小、毫不起眼，却专注、坚忍、始终如一，对生活充满着不凡的执着和热爱。忍耐，是哈尼族十分突出的一个性格特征。先前太多的历史磨难，和后期相对封闭的地理环境，造就了哈尼人这种憨厚敦实、与世无争、任劳任怨，甚至逆来顺受的生活态度，在那边远、偏僻、离天很近的高坡上，一辈辈，一代代，日出而作，日落而息，以一丘水波粼粼的梯田为路，用一粒金黄的谷子，传延着一个民族有序轮回的生命的四季。

这个曾经与水为伍的民族，千年后，以梯田的方式，在大山的胸膛上，重新记述着一个民族独立生活在水边的故事。

除了层层叠叠的梯田里一年四季波光粼粼的水，哈尼族所居住的环境，那挺拔险峻的大山上，很难找到一潭面积较大的水塘。那陡峭的山势，没有给水留下那种可以大面积汇聚的平地或洼地。水，主要是以沟溪和河流的形式存在，以那种丝网状的形态，"无形"地存在于满山遍野的树林下。而更多的水，则以一种"树"的方式，无所不在地存在于哈尼人生活的这片土地上，守候哈尼人或被哈尼人所守候。所以，哈尼人与水的密切关系，更多的，不是直接地表现在水与人的联系上，而是通过对树的热爱、敬重、珍惜、尊崇，乃至畏惧，甚至神秘等方面，维系那不可割断的关系。哈尼人与阿倮欧滨自古以来的密切关系，与寨神林的关系，用真实的事例，向世人说明了这些。而最突出的，就是一年一度隆重而肃穆的祭献。

大山上，那一大片一大片连绵的林子，就是哈尼人一塘塘天然的水库。这已经不是一般意义上的水库了，所谓的莽莽林海，指的就是哈尼人的山林，这是哈尼人赖以维系生命的血液，是延续生命的源泉。这些林海，它们在自然界的存在形式是固定的、静止的，是没有情绪的；但在哈尼人的生命里，这些林海是液体的、流动的，是具有情感的。

这些林海，孕育着无穷的、神奇而可怕的力量。它们甚至主宰了哈尼人的心灵，左右着哈尼人的行为。

前两年，大西南连续大旱，一条条溪流枯竭，河流中断，甚至连千年的龙潭也断水，无论是高原还是平坝，云南山地到处经受着旱情的严重威胁，大地一片片龟裂，土地一片片荒芜，许多地方滴水未见，连日常生活用水，都只有依靠外面的力量来解决。那一阵，在一些山地上行走，在村与村往来的山路上，到处是写着抗旱救灾字体的往来运水的车辆，或是人背马驮、牛车马车叽叽嘎嘎到处找水运水的人群……但是，即使是在如此严峻、残酷的状态下，红河南岸哈尼山地的梯田却没见一丘干掉，那千余层的田丘，一台台、一层层，蓄满了清洌洌的山泉水，每日亮洼洼地在烈阳下闪烁。一股清亮的水流，不见头，也不见尾，从一丘到一丘，白花花地不息地流淌着……

这是一个人间的奇迹，是自然界的一个奇迹。

去年深冬，我陪同我的朋友、一位来自重庆的著名小说家去绿春参加哈尼长街古宴。从红河南岸元阳老县城开始，一路上，看着爬满山坡的一片片水洼洼的梯田，她感到很惊奇，觉得不可思议，不相信云南干旱的事实。说高坡上这么多的梯田，都灌着满满的水，还有水一直在不停地上下流淌，上面却一座水库都见不到，灌溉梯田的水是从哪里引来的？我指着山顶上一片绿茵茵的原始森林告诉她，那就是哈尼人的天然水库。

这是一位对边地少数民族情有独钟的作家，到过中国边远的许多少数民族地区，也到过云南的不少边远山区，对一些独特的边地少数民族很有研究。这是她第一次到哈尼山地，对我的解释，她原先不理解，继而了解后，颇为赞叹，觉得哈尼族祖先真的了不起，与大自然为伍，为家，为生命的园地；觉得哈尼族真正不愧为大山的子孙，树的伙伴，水的民族。

水的源头，在林子；而林子的源头，最终在遮天大树。

在一份最古老的尊崇与信念里！

每一棵树，都是树王的子民，那茂密的苍天古林，是树王古老的家园。

那也是水最古老的家园。

归根到底，阿傈欧滨，就是多娘阿傈山寨哈尼人的生命之库。

我不知道，这天底下，除了哈尼族，还有什么民族为树选王，以树为寨神，为保护神。用一个民族的尊严，跪拜在树脚下，把树选为自己（整个民族）生命和精神的源泉，民族延续的根源。

假如缺少了水，哈尼人传统的农业生产结构将会被彻底颠覆，那些藏匿在大山的褶皱里的小村庄，甚至可能要发生背井离乡的事件。新的迁徙故事，将可能重新续写已经停顿在口头数千年的古老的迁移史诗。

哈尼人的水，储存在自己民族的命脉里。

哈尼族古经《窝果策尼果》的开篇，说了诸神万物如何诞生的故事。那时，还没有天和地，蛮荒的世界，只有一团混沌未开的水。这就是最初的生命，或者说，是孕育最初的生命的母体。水里沉睡着一条黄生生的老金鱼。若干千年或者若干万年后，金鱼醒来，用鱼鳍拨开亮洼洼的水面，先先后后生出天地、人和万事万物……

一切源于水。水，养育了万事万物之母的黄金鱼。

都玛简收拄着的拐杖，是一根开着黑色花朵的芦苇秆。长路茫茫，几度春秋，多少村庄城镇，多少险山恶水，一路上，芦苇秆都无事，不过就是一根平常的拄棍，无声无息地，陪伴着都玛简收走过那些坎坷的路途与苦难的日子。可是，当芦苇拐杖被插进阿倮欧滨的沟泉里，它就发生了惊异的变化，长成了遮天大树……

芦苇是水边的植物，择水而生。一根芦苇插在水中，重生的可能性很大。奇妙的是，这是一根开着黑色花朵的芦苇。黑色的花朵，给人的想象不但神秘，而且会很沉重。

恰巧，黑色是哈尼族最注重的颜色，是哈尼族的象征色。这里，让都玛简收的芦苇拐杖开着黑色的稀奇花朵，我不认为是祖先无意的一种诉说。都玛简收用自己特殊的方式，指导哈尼人认识了阿倮欧滨，选择了阿倮欧滨，从而选择了树，选择了水，选择了一个民族的生命方式。

是的，无论什么样的神秘物种，要想延传生命，都离不开水；要想获得新生，就更离不开水。

水，让一株濒临死亡的植物起死回生，而且获得了神奇的力量，创造出人间的奇迹。而这样的奇迹，只会在阿俣欧滨发生，只会和水发生。

只会和哈尼这个山水民族的命运发生。

劳动，是获得粮食的唯一途径。而更直接、更现实的是，哈尼人最终选择了水稻。水稻，是哈尼族最根本、最主要的粮食作物。而水稻的种植，对水的需求提出了绝对的要求。

水，活在哈尼人的生产里。

水，活在哈尼人的信念里。

水，从阿俣欧滨汩汩淌出。

水，从生命的源头滚滚而来……

水：山地梯田稻作农耕生产的命脉

一股水，汩汩汩汩钻出高高的密林，顺山势一路而下，路过寨子，在寨子的边上留恋地绕过几道，继续往下流淌，到寨子脚下后，淌进第一丘梯田里，积到一定的水平线，然后，从出水口流出，淌进下一丘田里。如此，一丘接一丘地往下淌下去，少则数十台，多则几百台、千余台，顺一丘丘梯田的出水口层层倾出而下，最后通过最底层的一丘流出，淌进田脚下的河谷里……

树林、村庄、梯田、水，是构成哈尼山地景致的基本元素，这也就是哈尼山区所谓的四度同构的自然景观和人文环境。其中，前面三者是固定的，是水，用流动的线绳，把三者穿串起来，组成哈尼人独特的边地生活景色。

这是哈尼族祖传的生活结构，亦是现实的生活方式。这样的事实，注定了哈尼人与树、与水的密切关系。具体到现实中，就是像寨神树、阿猡欧滨这样的神林的产生，对神林的依托、祭祀和敬畏。

这是打着深刻的民族烙印的，这样的生命图景是不可分割的。一旦分割了，它将不再是这个民族的，不再是哈尼族的。

有明确的史料记载，哈尼族耕种梯田（水稻）的历史，至今已有1300多年。

那1300多年前，即栽种水稻之前，哈尼人种植稻子（旱稻）的历史又有多长呢？在这里，这个不再重要。重要的是，从旱稻的种植，变更为水稻的种植，把旱稻改良成水稻，其过程不管经历了多长，其缘由不管有多少，但一个因素是根本性的，那就是：水！

水，是种植水稻的基本条件，也是必然条件。

不知迁到红河山地密林里多少年，生活了多少年后，哈尼人突然发现，自己所处的山地，完全具备这个条件。那满山满箐四季长流的溪水，完全满足得了这个生产的要求。

然后是那个大胆的设想，把坡地改成梯田。

这个设想的确大胆，不知最初是哪个先人所为？抑或哈尼族当初一路迁徙而来，最终选定在红河流域的滇南崇山峻岭间定居，难说就是首先看中了它可以开垦梯田的原始山势？

哈尼族是典型的山地民族，哈尼人所生活的山地，海拔一般都在1500—2000米之间，甚至更高。这里山体一座比一座大，山头一座比一座高，许多山峰陡得像刀削斧劈似的，山势险峻，沟壑纵横。在这样的地势里，山体坍塌，是一种很普遍亦是很可怕的自然灾害。所以，为了防止这种灾难的发生，哈尼人历来十分注重对自然环境的护爱，重视植被。哈尼人建村立寨后，必须及时处理的一件重要事情，就是在村庄的周围，特别是下方一定范围的空地上，栽满竹子，以此护土固地，稳定山寨的根基。而开垦梯田，栽种水稻，无疑是必须伐木动土的，这对当地的环保应该是一个严峻的考验。

哈尼祖先的智慧真是超凡。最终，哈尼人把攀天的"天梯"，搭在了陡峭的高坡上，搭在了高耸入云的山巅上。哈尼先人用以水保水、以水保土的方法，让哈尼人民不仅获得了养育民族的稻谷，同时也获得了美好的生存环境。

梯田

　　用梯田的模式，哈尼人改天换地，给山坡"穿"上一件水的新衣。而这种历史性的创造，天衣无缝，哈尼人把民族的生存与发展和环境的保护与发展，做到了最完美的结合。

　　因为梯田，哈尼人的世界里从此出现了一系列与水相关的风情民俗活动。

　　因为梯田，哈尼人的天地里从此出现了一系列与水相关的生产生活事件。

　　当中，水源林、寨神林、阿傈欧滨神林，以其更具典型、更具权威的神态，从生产生活的多层面，主宰了哈尼人的言行。而禁止砍伐这些地方的树木，乃至把其列为神山、神林，每年固定地择吉日祭献，是其中最基本的保护行为。

挖沟，是哈尼族稻作农业中不小的一项工程，也是最直接的一项用水行动。为了把水引到梯田里，哈尼祖先付出了太多的心血。

通常，从高山上顺山势把水往下引，这是最便利的一种方法了。水往低处走，只要顺着山地的大概走势，再按照自己的意图，稍加引导就成。不妙的是，这样的水沟，在哈尼山上并不多。更多的水沟，需要从很远的深山里引出来，长达数十公里，翻山越岭，蜿蜒曲折，往往要跨越好几座山岭，跨越不少的林地。无数涓涓细流，一处处汇聚，最终汇流成抵达稻田的那股水流。

历史上，哈尼人挖沟，都用原始的方法。哈尼人靠的是自己的一双手，再加上一把再不能简单的锄头，一把土一把土、一块石头一块石头、一截一截地把梯田输送血液的血管挖出来。

哈尼梯田的水是活水，一年四季永远是流动的，这就要求要有流水量充足的源头。

为了获得充足的水源，保证梯田长期的用水量，每条沟，都以多条溪流为源，并尽可能地，以一条河流为主源。这样，沟的纵进度很深，几里几十里甚至上百里不一而足。挖沟时，哈尼人不借助任何仪器，完全靠经验目测。根据梯田的方位，因山就势，测定一个大体的高度和走向，下锄开挖，等挖出一截后，便放水平沟，以流水的走势来测平水沟的水平线，立竿见影，效果十分明显。挖沟人也是数人数十人上百人甚至数百人不等，这主要以该沟的供给量及挖沟的劳动量而定，那些附近村寨的亲朋好友都会前来帮忙。那无数的人一字儿排列在半山腰，像一条蠕动的长蛇，欢声笑语，大呼小叫，场景热闹非凡。

哈尼山乡群山错杂，百岭争峰，林深箐多，涧流潺潺，从山顶无数支脉般的溪沟，到山脚大大小小的河谷，相互贯穿，形成众多的河流水系网络。这就是哈尼山地"山有多高，水有多高"的真实写照。丰富的水资源，给梯田挖沟筑渠引水灌田提供了得天独厚的条件。但复杂的地质结构，险峻的山体构造，也给哈尼人的水利工程出了难题。山地土壤肥沃，石资源也相当丰富，挖沟时碰到庞大的岩石层也十分常见，是挖沟的攻坚难题。传统的原始处理方法是，在岩石上架木引火燃烧，把石头烧烫烧红后浇水，使其爆裂。水沟走到悬崖峭壁，连上述招数都无以解决的时候，就只得用粗大乔木凿成槽，或用竹槽代替，架水桥通过。只是这种竹木的水桥，时间不会多长，到了一定的时候就会糟烂，就需要更换，给人不时增加劳动量。

这一路挖来，不管遇到什么，哈尼人最注重的，还是对树的保护，尽量不伤害树林。对树木的护爱，不仅仅是对水源林的保护，其实也是对山体的保护，对沟渠自身的保护，固土护地，以免山体滑坡，毁林毁地。

但挖好水沟后，并不是就可以一劳永逸了。新水沟要经过一定的年限，才能巩固、定型。其间，要经过多少的修补和维护。为此，山寨还出现了专司水沟工作的沟长（当然，也有许多是兼职的），专门负责某条水沟的畅通工作，代价是所有获享该条水沟水的人家，根据自家所受用水的比重，秋收时给予沟长相应的谷物为报酬。这些都有民间约定俗成的标准。

四通八达的水沟，像网络一样，密布在梯田间，形成稻田丰富发达的血脉。

哈尼人最终以水沟的方式，从林子里，从水神那里，把水"要"到自己的梯田里，浇灌到稻谷的身上。

梯田，成了坡地一件特殊的衣裳，护住了大地裸露的肌肤。

在我的记忆里，在多娘阿倮山梁上，有两条与阿倮欧滨很密切的水沟。一条从阿倮那安右侧村脚环绕村寨而过，叫早稻倮干；一条从阿倮那安左侧晋（宁）思（茅）公路下方而

竹管引水

过，叫得表倮干。两条水沟，长长的，穿过整个多娘阿倮山梁而去。这是和我的童年和少年密切相关的两条水沟。小时候，我们常在沟里捉青蛙，有时几个小伙伴一起，有时就独自一人。那时，好些沟段，都长着茂密的树林，好多树木，就长到沟边来。这些树林，是连着寨神林的。树脚下的沟坡上，长满了高高低低的各类杂草。我们手拿特意砍制的竹棒，一路敲打着草丛过去。不时有青蛙受惊吓，从里面穿出来一头扎进沟里，乱闯一阵后，钻进泥土里。沟水浑浊时，分辨青蛙的位置有点难度；沟水清澈时，青蛙逃避的线路随着一股浑水，清晰可见，青蛙藏身的泥土会凸起一个小包，基本上是手到擒来。有时也意外地拿得到几条白鱼，可能是刚从某处稻田里跑进来的。栽秧的季节，鸭子不能放田里，我们就选择这两条水沟偏离稻田的某一段来放鸭。几个小朋友分工，堵住水沟的两头，鸭子就会一整天往来于沟段里觅食嬉戏。大家在沟边某片林子的树荫下找个小平地，铺下蓑衣一躺，就可放心地做自己的童年梦。这是村脚底的两条水沟，也是阿俣梁子上最有名的两条水沟，那时，我一直不清楚它们来自何处，去往何方。多年后才知道，它们共同源自阿俣欧滨山林，从不同的方向，从阿俣山深处的两面坡上，一路灌溉沿途必经的稻田。那些梯田，属于阿俣山梁上几个哈尼寨子的，各个寨子的田错落交杂，每片里都有不同村寨的田。

直到大约20年前，最终，两条水沟先后废弃。但并不是因为阿俣欧滨水源枯竭。原因有多种，但主要的因素，不外乎这么几种：村寨、城建的扩大，占用、毁坏部分沟段；田地的荒芜、退耕，不再需要水；自来水的普及；等等，水沟失去了其原有的功能。从头到尾，水沟逐年逐段地被挤占、毁坏，那曾经灌溉着阿俣山梁两面万千良田的两条水沟，至今，已经根本找不到它们的任何蛛丝马迹，好像它们从来就没在这个山梁上出现过。

水，虽然是"天来"之物，但其资源不是无穷尽的。为了保证生产生活用水，保护水源林，哈尼人制定了许多村规民约，以及诸多习惯法，也形成了很多围绕着水而产生的只有自己民族才有的独特的风情民俗。

而话最终只有回到树上。在哈尼山地，树，是水的根基，所以，最终，哈尼人把梯田稻作农耕生产的保证寄托在树的身上。树，才是根本。

阿倮欧滨，是树的家园，是树王的家。

阿倮欧滨，哈尼话说的就是阿倮山梁的分水处，而它的汉名也就叫分水岭，那里就是多娘哈尼人最初分水的源泉，水的老家，生命的根子。

践行：哈尼人对水千年不变的颂辞

由于历史上没有本民族的文字，哈尼族对万事万物的记述和抒颂，大多淹没在浩如烟海的口头史诗里，部分则通过一些习俗，以及生产生活习惯，在现实中直接用民族行为表达出来。其中，与水千丝万缕的关系、关联，对水刻骨铭心的热爱、保护与使用，也用一系列的民俗风情及日常活动来体现，用真实的事例本身来说明。

水源林

任何一个哈尼山寨，都有自己较为固定的传统的水源林，或大或小，一片，或者数片，被自己的村庄和周围的村寨所认可。这些水源林也许就在村寨边，通过连接寨神林，和村寨天然地连成一片，成为村寨密不可分的一部分；也许离村寨较远，隔山隔水。但无论远近，这是保证本村人畜饮水和灌溉田地所需水的根源。

水源林一般都有自己村寨的守林员，有的专职，有的兼职。

一个村子一旦把某片树林划归为本寨子的水源林，那就要求全村的人共同来爱惜、守护这片林子，原则上不允许任何人享有特权，砍伐这片林子里的树木。只有碰到村里的人家造房起屋这种特殊的用材时，才经过寨老们的商议，给予一定数量的砍伐。像寨神林里的树木一样，水源林里的树木，通常任其自然生死。

寨神林，其实就是每个村寨水源林的代表。

而阿倮欧滨神林，就是位居多娘阿倮山梁上的整个绿春县城的水源林。

分水木

因为灌溉的需要，哈尼梯田间修造着纵横交错的一条条的水沟。顺着这些水沟行走田间，一路上，不时会见到一节节凿有凹口的木头，截水横埋在沟里，让水从木头上人为的凹口里淌过。这些木头，就是哈尼族民间所说的分水木；这种方法，叫刻木分水。刻木分水是哈尼族特有的，也是最有效的一种原始的传统分水方式。

分水木主要以多年生长的黑心树为材料，这种树木质地坚硬，耐泡水，有时还越泡越硬，使用时间长。一旦做好后，流水不易冲扩水口，也不便于别有用心的人轻易改宽改阔水口。

分水木横埋在需列出支流的地方，长度以水沟的宽度而定。每个分水木的出水口至少有两口，凹口宽的为主流，靠沟墙；窄的为支流，靠沟堤，被分流的水即通过木刻的支流口离沟出堤而去。木刻的主副凹口深度一致，深度以水沟的深度和水流量而定，下埋时，凿口底与水沟的泥层平面即可。不同的是凹口的宽度，每个凹口的宽窄，以分配的水流量的多寡而定，多则宽，寡则窄。

一条水沟开挖成后，根据水沟的水流量及水沟所承担的梯田的灌溉量，在寨老的主持下，有权享用该水沟水源的人家，集中协商分配水量，共同刻凿分水木，并一起把分水木埋进相应的水沟段。每一丘田，都得到相应的水量，保证耕种的需求，使粮食生产获得丰收。

分水木一旦埋下，若没有什么特殊的情况发生，一般不再轻易移动。

发明并使用刻木分水，是哈尼人在长期经营梯田管理水利的系统劳作中，总结出的最精彩、最经典的一笔。

洗水井

水井，是哈尼族建村立寨的先决条件之一，是保证整个村寨人畜饮水的主要设施。所以，通常情况下，每一座哈尼山寨，都会有一口水井。

半月形的水井，开凿在离村子数百米远的村尾。一潭亮汪汪的水，一年四季，被茂密的竹林、万年青和油子林等常绿树环抱着，阴凉、清爽，再酷暑的天，一旦走到水井边，就会被一股凉爽抱个严实。下田下地或从田地里返回家的人，渴，或者不渴，都喜欢跑到井台边，拿起小竹筒舀一瓢灌上一阵，才心满意足地离去。

在哈尼人的心里，只有自家寨子里的井水，才是甜的、饱满的、清爽干净的，才能够让人喝个透实。

水井是山寨里水神的家。洗水井就是祭祀水神，祈讨安康。清洗水井的主要工作，就是打干井水，铲除井壁上的杂草，清除井底的陈泥，修砌井堤，清理水井周围的杂物，填补村子到水井的路径，补植井边的树木，等等。如此，不但让六月节来临之日的凌晨，到水井取祭水的村人们脚下安全，更主要的是能背到清冽的圣水祭奉祖先。洗水井，这是一种个人行为，是山寨里乡亲们行善积德的一种传统方式，所以，从来不需要集体的任何动员或组织，完全是自发的、民间的、家庭式的。为了抢到这个福分，在规定的日子里，总有人在黎明前的第一时间里，三五弟兄约好，趁黑打着火把早早地就把水井洗好。

背圣水

每逢苦扎扎节（六月节）来临的前夜，多娘绿春阿倮梁子上的哈尼山寨，有背圣水的习俗。

何谓圣水？就是自家所在山寨里的井水。哈尼人认为，只有寨井的水，是受到寨神守护的水，是和阿倮欧滨神水相通的水，是最干净的，没有污秽。只有这样的水，祖先才会喜欢，才能献给祖先。

鸡叫三遍，寨子里的人家，便一家家打着手电、火把，摸黑穿过寨子，去村尾的水井背水（挑水）。

这一担水，要家里的儿媳或小辈们去挑。年轻的儿媳妇们，总是郑重地穿上自己婚嫁时的嫁衣，端庄、隆重，仿佛去赴一场人生很重要的聚会。

桶里要放一片芭蕉叶——这是哈尼族去取祭品时的规矩。

山寨老水井

背水往来的路上，遇人互不打招呼，不讲话，亲不亲的人都擦肩而过。人到水井边后，先要洗脸、洗手、冲冲脚，洗去自己身上的污浊，然后洗桶，再打好水折回。

次日清晨，早起的哈尼老人做的第一件事，就是爽爽地喝上一口井水，那才叫他们来劲。

当日苦扎扎祭献祖宗的祭肉，必须用这担夜里挑回来的井水来煮。

祭水源

几场雨水过去，哈尼山上，再没有一种没被叫醒的植物了，满世界，都用绿绿的青葱，诉说着自己的苏醒与茁壮。

仰头遥望高处，透过寨子高高低低的屋顶，可以望见更高处的寨神林直插云天的树尖，用嫩绿的叶片，轻拂着蓝天白云。我知道，这汨汨汨汨跑过眼前的水流，就来自那里。这每一滴水，都是那些叶片酿造的生命甘露。

一缕紫烟，从阿波罗马的老祖田里袅袅升入天空。

这是父亲点燃的。田头的一小片空地上，父亲用石头堆起了一个三角灶，烧着水。然后，他又两手并用，忙着清除覆盖了田头水沟的杂草，在田与水沟的结合处，搭起一座枝叶的祭台。搭祭台用的是生长在田沟边一种叫鲁塑的树的枝叶。

父亲把关着鸡鸭的竹笼提到沟头，蹲下，一脸肃穆地面对着水沟，轻轻启动着嘴唇喃喃低语，然后，在田头把鸡鸭一一宰杀。只有这样的时刻，我才看到，一身硬骨头的父亲，那种胆小、谨慎、小心翼翼的神态。

茂盛而黛绿的稻禾，密密地挤满了五月的稻田。

这是一次常规的祭祷梯田水神的仪式，哈尼话叫"欧海说"，祈祷并感谢水神，给梯田和稻谷送来源源不断的水流，使稻谷能够茁壮成长，顺利走向秋天的收获。

祭水源，用同样的祭品，要进行生熟两次祭仪。

除了祭祀稻田的水神（水源），哈尼人还祭献井神，祭献沟神，祭献河神等，祭祀方法大同小异；祭献的目的也大同小异，主要心愿一是感谢，二是祈愿。

寨子脚下梯田的水，来源于寨头的神林，寨头的神林，是阿倮欧滨大神林的子孙。耕作的一生，哈尼人对水，或者说对水神，一直怀有深深的敬畏与希冀。

终老水

每一位在自己打小长大的衣胞的山寨终老的哈尼老人，他（她）最后的愿望，不是考虑如何公正地把遗产分配给儿孙们，也不是交代后人要如何如何勤劳、勤俭，珍惜好时光。这个愿望很简单，就是喝上一口村尾水井里的水。

当一户人家的老人年老体衰，面临人生最后的时光时，家人要及时安排好人，临时去村尾的老井里打水，喂给老人送终。

最后喝下这一口喝了一生的村井的水，老者才缓缓地闭上双眼，安心地走上回归老祖宗的居地的路途。

这口水，它的水根，在寨神林，在阿倮欧滨，在自己一生用心灵仰望和守望的神山上。归根及底，作为一个有村庄的人，就是老死了，也要继续获得阿倮欧滨山神的庇护，抱紧与阿倮欧滨血脉相连的联系。

路边小水塘

在哈尼山乡行走，一般是不消担心受干渴折磨的。

哈尼山寨普遍建在半山腰上，平时上山或者下田下地，都要行走一段不短的山路。哈尼人出门，很少有人把水壶背在身上的，都是随地取材，就地饮用。在长长的山径边，总会有些泉眼，或者溪流。哈尼人把每个泉眼挖出简易的小水塘，就成了一个最好的饮水处。塘边，插根棍子，上面扣只小竹筒，那就是现成的竹水杯。同样，把溪流稍加处理，在水口处搭个小竹槽，又是一个饮水处。有竹杯用竹杯，没竹杯就直接用嘴逗着竹槽饮用。有时，为了防备水蚂蟥，就顺手从溪水边掰一片野芭蕉叶，做成斗状接水喝。

哈尼山地素有"山有多高，水有多高"的美誉，能有这么些大大小小由地下冒出来的水塘，缘于哈尼人对自己所生活的这地区森林的爱护。

哈尼人的这些饮水地点是固定的，当地的人，都知道哪里有个小水塘，有条小溪流。每天劳动，在村庄与田地间往来，都知道可以在什么地方解渴。

因为水塘的水是活的，水塘一年四季清冽冽的，水也十分凉爽。

平时，严禁往水塘里吐口水，严禁在水塘周围和溪流上游大小便。这些都是约定俗成，大家自觉去履行，没有谁去限制。

赶　水

在高坡上数百级甚至上千级的哈尼梯田间，穿越着一条条梯田的血脉——水沟。对于水沟的经营，有众多传统的管理模式，赶水，就是其中很重要的一个环节。

有的村寨，为此选出了沟长，即护沟人，专门负责某条沟的通水、赶水工作。其劳动报酬，是享有其供给水流服务的人家，每年秋收后给予其一定的谷物。

赶水集管理和疏通于一体。平时，只要理一理落进沟里的泥土、石头、枯枝烂叶，不让杂物阻碍流水就可以了。必须要小心赶水，是发生在水源出现特殊情况的状况下。

有时水流太小，各家分到的水不能正常流到田里，几家就协商好，分时段或分天数，单独给某家集中赶水，使有限的水能充分流到田里。如此，每家轮流来赶水。

特别是在枯水季节，每一条支流的水流量都很小，甚至断流。这样，要把每一处的水，一点一点地赶拢，赶进主沟里，积少成多。这时，赶水是一件十分辛苦的事，往往是没日没夜不分昼夜地在沟上忙碌，一分钟睡觉的时间都没有。

碰到这样的年景，多娘绿春人就都把希望寄托在阿倮欧滨上，祈盼阿倮欧滨早日降下甘露。

第四章

一座祭坛和一个山地
民族的集体祭祀

一年一次鞠躬

十二个月中来一次磕头

选择好的月份是二月

选择吉祥的日子是牛日

窝托普玛的咪谷是主祭

——《都玛简收》

寻找神林：一次仓促的寻访

1

在哈尼民族中，最具知名度的地名，莫过于传说中伐倒遮天大树的地方阿倮欧滨。

那是生命的发源地，十二股水分送四面八方养育其浪迹任何角落的子民；那是令每个族人梦想的圣地，圣女都玛简收给我们留下了无尽的期望和幻想……

2

2001年，冬天。

那天从李仙江采风回到多娘绿春县城，艾扎先生悄然向我提出要去拜祭心中的圣地阿倮欧滨时，已是下午5时许。

我有点犹豫。

这个要求太突然了。且不说那里并不是任何人想去就可以去，也不是任何时候都适合去的，这个黑白交接的黄昏，林子里将到万物归寂的时刻，仓促且不合时宜。我们贸然闯进去，失魂落魄生个病乃至丢掉小命事小，惊扰了神灵，那可要祸及多少山寨，多少同胞，个人如何担当得起？

可是，这老兄明天就得返回他那筑在城市的小巢，他不辞辛苦跑到多娘，唯一的期望就是到神林一拜，让一双从小背离故土在他乡跋涉的赤足，浸染一点阿倮欧滨的灵气，以使今后继续浪迹的日子，有一支拐杖拄在自己的手里，撑住一个漂泊的灵魂。

这是一个赤子最普通的愿望，我需要做的仅仅是顺水推舟。

万能的神灵啊！你看到了那双渴求的眼神了吗？请你把博大的福分恩赐给这个远方的子孙吧！

虽然不合时宜，但谁忍心阻止一个游子向母亲表达殷切的怀恋？何况这是一个获得整个民族敬仰和拜祭的满怀仁爱庇护众生无灾无难的伟大神灵。

3

归鸟在密林深处零落的啼鸣，致使林子里更加静谧、凄寂。

我心里十分内疚，居然明确不了神灵的化身——那棵祭奠的神树。

艾扎先生甚至怀疑我带错了地方。他说，至少有个标记，譬如几块石头垒起来的标识；譬如几股彩线圈起来的禁记；譬如人来人往的足迹；譬如……

他说的这些我都懂，这是每个哈尼寨子寨神林的起码标志，只是这次真的我们什么都没见到，怎么会这样？

地方是绝对不会错的，植树节我才刚刚来过。

最明确的是春天祭奠时煮过祭品的木三角灶，尽管到雨季后被无数的雨水不停冲刷而有些模糊，但依然像上次见过的一样，三根烧得残缺的短木，还稳稳地插在林子前空旷的泥地里。

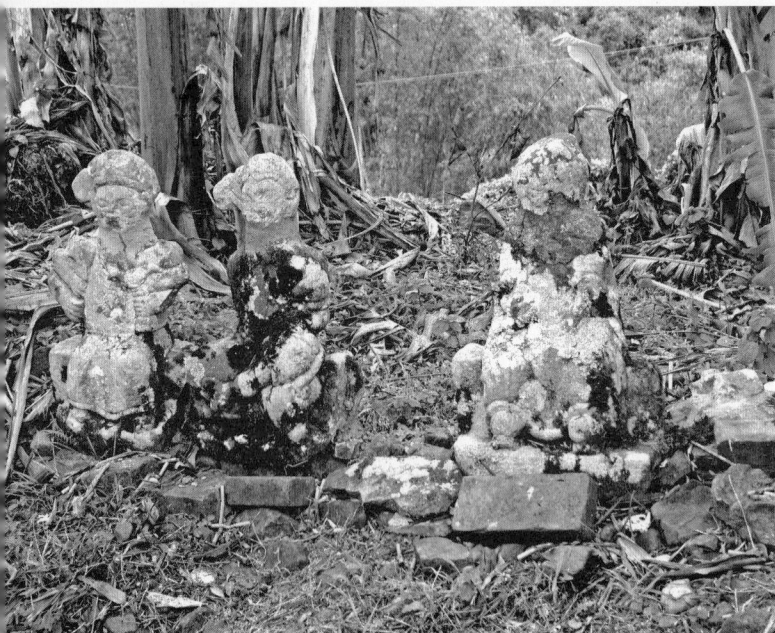

山神塑像

轻纱般的几抹晚霞薄薄地披在对面的高枝上。

箐沟里一片幽暗。

按照习惯，神灵树一般都选用那些标直伟岸的大树。当中就有几棵古树，壮实高大且笔直苍劲，与悠久、神秘的传说和古朴、神奇的祭奠很相符。可一看树冠，主尖都是断的，不符合民俗的要求便否定了。其他的不是太小，便是弯来扭去的，没有想象中那种理想的树，实在拿不准。

繁盛的草丛，满满地填补了林间的空隙。

难道这些恣意的水草，遮盖了曾经的蛛丝马迹？

艾扎先生不甘心地在杂草没身的林间钻来闯去地寻觅。

想起曾经耳闻的黄昏时分在林子里发生的许多神幻莫测的传说和长者的规劝，我束手束脚，不敢乱闯。而更多的是，此时此情此景，神林在心间的主宰，统治了我的行动。我只敢小心翼翼地扒开草棵，一处一处一棵一棵地仔细寻认，企求能有意外的发现；我甚至天真地查看水沟，查看有没有祭水的痕迹。

我们最终未能辨出神灵的真身，未能很明确地向神灵面对面地叩拜。但肯定此时神灵是在轻松而好奇地注视着我们的，并早已明白了我们虔诚而美好的心地。我们盲目的闯动中也许多次触动过他的长须，牵扯过他的衣襟，甚至可能踩痛了他的脚趾，他慈善地抿嘴笑笑，疼爱地给我们捡掉乱发间的碎叶，然后轻轻哈口灵气把我们沐浴……

4

作为多娘绿春土生土长的子孙，这么多年来，我年年获得神灵的庇护。不但享用了从神林里带回来的祭肉，还有那祭祀过神灵的圣骨，每年换一块缝在自己最常穿的那件衣服内，或与那些自以为与自己的生命一样重要的荣誉证、专著等一起藏于柜子里，让神灵的慈爱和佑护随时与自己同在，与自己的坐行卧立同在，照耀自己的每一天。

当然，因一些原因，每年新春到阿倮欧滨神林正式的祭典活动本人并未参加过，只是一年年用从神林里领回家的圣肉，虔诚地亲自祭献家祖，供奉先人，磕头纳拜，祈安求福。说起来自己第一次闯入这片神林，也是几个月前的植树节。

那次，县里组织县属单位的全体干部职工，到阿倮欧滨附近的山地里栽树。栽的是樱桃。樱桃是哈尼族的族花，野生的，以前，山上山下田边地头长得到处都是，每逢冬天，漫山遍野的樱花这一株、那一株，这一片、那一片地开得像一片片火海。哈尼人还把农历十一月叫作樱桃月，樱花一开，就村村寨寨舂糯米面，家家户户做汤圆献给樱花。但这次栽的，不是本地品种，不知是从哪里运来的树苗，是外来物。那天，栽了一个下午后，老天竟然下起雨来。看看时间不早，树苗也剩得不多，大家就不约而同地离开林地下山躲雨。当中年岁最大的老彭抓起树苗，说要到阿倮欧滨神林里去栽，问谁愿和他一起去。大家都畏畏缩缩，一来劳累和下雨，大家身懒心倦不愿去；二来心里顾虑，如此冒冒失失闯入神林，担心哪里稍微注意不到冒犯神灵，白白带来灾难。

我好奇，跟了去。

其实，神林就在我们刚才栽树的林地前三四百米的地方。顺着一股杂草丛生曲折蜿蜒伸入林子的小路，几分钟就到了。我很意外，这就是这么多年来一直在我心里神秘着、敬仰着、向往着的神林！多少次梦寐以求而难及，这次却毫无准备、毫无意图地就相遇了。这是我第一次，亲自让自己的双脚，实实在在地踏进这片心里不知到达过多少次的圣地。

对阿倮欧滨的印象，我从一直虚空的幻影，第一次有了一点具体的概念。坡地上，长着大大小小的树木，几棵翁郁、粗壮的大树，高高地钻出林子，都高挺着，宛若在暗处比赛着各自的资力。林木高低交错的林子里，杂草恣肆，更多的是茂密的解放草。一条普普通通的小箐沟，一股十分清洌的泉水咕噜咕噜从草根下钻出来，淌向山地的两边。那可不是平常的山泉，是神泉哦！我禁不住诱惑，俯身跪在湿淋淋的地上，直接用嘴接着山泉喝了一气。那一刻，我感觉到，自己和阿倮欧滨的关联，又直接地更进了一步。

林子下方是一片小凹地，看得出以前是一片水草茂盛的沼泽地。想想古时肯定荒凉而骇人，当属民间传说中那种神鬼出没、人迹罕至、容易丢魂掉魄的禁地。即哈尼族民间所言的"丛"，那种鬼神以家庭式、集团式屯聚的区域。就在这里啊！哈尼族民间传说《都玛简收》的主人翁，聪明绝顶、沉鱼落雁的都玛简收历尽磨难后，衣衫褴褛、蓬头垢面地拄着根芦苇拐杖步履飘浮、饥渴交加地来到这里，被那股清泉陶醉，扑身饱饮；插在泉边的芦苇拐杖得到神水的浸染，转眼间长成参天大树，把据说是仙女下凡的我们这位饱受人间苦难的姊妹都玛简收送回了天宫，致使后人一辈辈只能从传说中感觉她无以比拟的美丽和聪慧。

事实上，她这样神鬼莫及的智人只属上苍。

想到这个古远的传说，就仿佛觉得永远的都玛简收此时就站在我身前身后的任何一棵树的旁边，在抿嘴咻咻地轻笑。这是她俯身捧饮泉水的地方，多少后人接踵而至，顺着她的身影扑下去，匍匐在甘洌的清泉前，扑进大自然博大的胸怀里。

阿僰欧滨的名字，和眼前可感可触的山水草木一起，就这样，被多少人用身心反复拥抱。

细雨绵绵。老彭在云雾缥缈的林子里这里几下那里几下地挖坑栽树，"嚓嚓"的挖地声，在薄雾轻拂有些朦胧的草木深处闷闷地回响着。也在我的心上，隐隐地回荡着。

风，不知从何处吹来，阴阴的，有点寒。风带来了轻纱的雾气，夹带着斜斜的雨丝，或浓或淡，*丝丝缕缕*，林里林外到处飘荡……

我没有跟进去，站在林下的草地上静静张望，心里有种说不清道不明的感觉。看到脚旁用木条支成并有燃烧痕迹的大三脚架，就真正明确了这的确就是大祭的地方，是我的父老乡亲们一年一度如期到达、屈膝跪拜的圣地。此时，我站在这里，一个人，心怀忐忑，手里挂着一把刚刚劳动过的锄头。听得见一滴一滴的雨水，从叶上落到叶上，或者落到地上的一句一句的滴嗒声。在洪荒的年代，传说中的遮天大树就生长在自己脚下的泥土里。一个念头一直在心里闯动：那到底是棵什么样的树？

事后，有人问老彭，不分时间，又无相关人员带领，无缘无故怎么敢去神林里乱闯？老彭说，为神林栽树，给大地添裳，是行善积德，难道她还能伤害一颗虔诚慈善的心？听说老彭近几年来身体不佳，跟他去神林又听了他很坦然的一句话，我心里已释然。是啊，心里无鬼天地亮，心怀爱心和坦荡，哪还有什么顾忌呢？

我想，祭拜的方式应该是多种多样的，为神林栽树，就是一种不错的祭拜。

5

艾扎先生自以为是地以几棵威武雄壮的大树为背景，要我给他拍了几张相，又指示我做好姿势，帮我也照了几张。

虽然我们最终也未能明确具体祭奠的遮天大树的替身，

寨神林

即现在的神树，但我们知道，背后蓊郁的林子就是神林，每一棵都是遮天大树用自己的躯体溶化成的泥土养育的子孙。被整个民族顶礼膜拜的神树，就是她们当中的一棵。

如此，我们没必要刻意确认一棵树，每棵（片）给我们带来水、带来生命的树（林），都是神树（林），都应该受到人类的祭拜、爱护和崇敬！

霞光不知不觉消失了，凹地里瞬间暗了许多。叶子也模糊了轮廓，整个林子成了一片墨绿的布景。归鸟有一声没一声的啼唤，徒然加大了林野的空寂，加深了暗色的厚度。

我默默地站在神林前，心有所祈。

艾扎先生收好相机，十分留恋而心有不甘地注视了一阵神林（肯定他也在心里有所默许），然后转身轻轻地对我说了声："走。"

一场叩访，就这样悄无声息而有所遗憾地合上了帷幕。我不知道这是不是神灵对我们匆忙而仓促地闯入的考验，还是世间万事都不时要留点缺憾，以致要求人们时时有美好的企求，不断驱动那双喜欢停下的脚不息探寻，不停前进？

劳碌的躯体背离了阿倮欧滨，离开了神林。但是，我们的心永远与神灵同在，心里与生俱来的神灵，依然与我们朝夕相守、相依，浪迹天涯。

大寨：阿倮欧滨的主祭龙头村

关于大寨，绿春县地名志是这样记载的："本名'多娘窝拖普马'，哈尼语，多娘为建村祖先人名，窝拖为倒钩刺藤，普马为大寨子，意为多娘领头创建的周围长满倒钩刺藤的大寨子。1956年简译为大寨。……1957年，中国科学院创造哈尼族文字时，以大寨语音为哈尼语标准音。"（《云南省绿春县地名志》第12页，绿春县人民政府编，1990年12月内部出版）

如此可见，在绿春，大寨在历史上就是大寨子了。

尤其是在多娘梁子上，本来寨子就不多，特别是在那时，多半寨子的户数都在四五十户，而远远超出百户人家的大寨，确实是大寨子了。难道，后来把哈尼语寨名译为汉语寨名时，不要音译，只取用后面"普马"二字，直接就叫大寨，不知是否就这个原因。在多娘阿倮山梁上，所有的哈尼人，叫大寨村为"旦找"。也不知这是哈尼族历史的原名，还是后来"大寨"的变音。

在久远的年代，对于以村寨为单位作为相对独立的生产生活方式的哈尼人来说，寨子的大小，的确非同小可。从小处说，对当地的势力，寨与寨之间的抗衡，具有举足轻重的作用。从大处来讲，对生命的繁衍，民族的发展，有相当的关系。

缘此，一个大寨子，拥有繁荣的象征。

一个寨子，是一定的血缘和亲情共同安居的符号、庇护所，更多地，与自己孕育的子孙后代有关，与从自己的寨名属下繁衍的寨人有关。而大寨不同，除了上述的功能外，它在当地，有其与众不同的特殊性。

从民族宗教的角度出发，从民间的图腾出发，大寨，是阿倮欧滨的主祭龙头村，在那个全民性的朝圣活动里，在当地的村寨间，具有领袖的地位。所以，除了宠爱它名下的村民，它至少和绿春传统的统一祭祀阿倮欧滨的12个寨子有关，和所有阿倮欧滨的子民有关。大寨，是每一位渴望阿倮欧滨神灵护佑的同胞埋在心头的一个名词。所以，自从有了阿倮欧滨的祭祀开始，大寨，就不仅仅是大寨人的大寨，还是大家的大寨，是其他11个寨子的大寨、"母寨"。

而据一些民俗学文化学者考证，阿倮山梁的始居者多娘，在此创建的第一个寨子，就是大寨。其他的所有寨子，都属于从此处迁出去的子寨。之前，多娘的父亲背多，把寨子建在现大寨寨子脚下的"背多河边"。而背多河的主源之一，就是阿倮欧滨。如果这一话题成立，大寨成为阿倮欧滨的主祭寨，成为多娘山梁上哈尼村寨的民族宗教领导村，也就理所当然了。

我有一股亲情的支脉在大寨。

　　四妹是我一母同胞的五兄妹中唯一一个没上过学的人。因为父亲工作在外，奶奶又年老多病，家里家外的活计，就全部压在了母亲一人的身上。作为传统的哈尼人家，家里本来是要留一位男孩子在家的，做母亲的帮手，做家里的顶梁柱。同时，以后寨子里的人家有什么事，也方便出面。但是，我们都如时上学了，并越读离家越远。最终，却把个子最小的四妹留下了。

　　数年后，四妹刚成人，就出嫁到了大寨。

　　这些年，每年春节，家人都要到大寨一趟，到四妹家里聚一次。因为如此，大寨，又更深一层地走进了我生命的旅程里。

　　大寨村现有329户，1725人。从阿俵梁子具体的地理位置来看，大寨所处的地段并不是显要的，它处于县城西部城郊，基本到了山梁的尾端，处在山梁开始向下倾斜的地方。如果抛开阿俵欧滨，大寨就和多娘梁子上的其他哈尼族村寨一样，只是独立的一个村庄而已。但是，因为阿俵欧滨，因为神圣的阿俵欧滨大祭，大寨在当地民间，就显得极其显要。尤其是每年到了出祭阿俵欧滨的日子前，周围所有哈尼寨子的人，都密切关注着大寨的动静，期待着大寨的召唤。甚至在远方的一些多娘哈尼人，也不时会打听阿俵欧滨的消息，打听大寨村近期的村况。因为阿俵欧滨，大寨，被许多有关和无关的哈尼人念叨和牵挂。

在山梁的下段，这倒方便了出祭，它出门一声吆喝，由下而上，由西向东，一个个寨子可以一路叫上，大伙就浩浩荡荡一起开赴东头的阿倮欧滨。

在相关的史诗里，大寨，是都玛简收路过的村寨之一。有的版本，还说大寨是都玛简收的出生地。

都玛简收路过的寨子千千万万，但很少在一些地方留下话语，尤其是好话，祝福话。在大寨，她说："不乱的大地是阿倮那安，哈尼安宁的（地方）是窝托普玛。"可见，这是个令人留恋的村寨。这两个村庄，也从此得到了现在的寨名。

有人说，多娘绿春阿倮梁子是一条向西埋头在德昂河与处安河的交界处———一号桥饮水的长龙。如果是这样，那么，大寨正好就骑在龙脖子上了。如果是这样，这应该是一个举足轻重的位置。它掌控着这条长龙的命脉，左右着大龙腾飞的方向。

都玛简收是神鬼莫如的圣女，她在大寨看到的不只是它的大，她长途而来，一路上看到过的这么大的寨子多了，她没给哪个地方留下好话。在大寨，她看到了它的不凡。看到了这个寨子最终和阿倮欧滨的牵连，和自己的牵连。她仿佛已经听到，在若干年后，阿倮梁子上出祭自己失踪的阿倮欧滨神山的第一个脚步声，从这个寨子的一扇门后响起……

多娘阿倮山梁上12个哈尼寨子里的人家，每个人心中的寨神林都有两座，一座是自己出生的寨子的寨神林，另一座就是阿倮欧滨神林。阿倮欧滨神林是大神林，是这些寨子共同的寨神林。

去出祭阿倮欧滨，有大概的日期。在去祭献阿倮欧滨之前，先要祭祀寨神林。即春节后（正月）第一轮属牛日，每个寨子分别祭献各自的寨神；第二轮属牛日，由大寨村带领各村一起去祭献阿倮欧滨。但这个确定的日子里，能不能如期祭祀阿倮欧滨，还要看这段时间大寨的日子"干净不干净"，是否太平吉祥。譬如：若有老人去世，或者类似的一些不祥事件发生等。如果出现相关的事件，就得推延日子；如果事情连续发生，就得一直把时间推延下去，直到等到吉祥的好日子。如果头一轮属牛日大寨没能祭成寨神，那就也祭不成阿倮欧滨了，同样只能顺延。

尽管大寨寨大人多，但每年祭献阿倮欧滨的仪式基本能如期进行。

但也有一些年份例外。有一年，到了出祭阿倮欧滨的时间，大寨寨子里却接二连三出现中老年人去世的事件，寨子不安宁，日子不吉利，就祭不成阿倮欧滨。拖延到四月，日子仍然"不干净"。偏偏，碰到气候又特别干旱，看不到雨水要来的迹象。不祭阿倮欧滨，老天不肯降下一滴雨水，天气干得好像一点火就会燃烧。稻田干得一片片地龟裂，秧田里的秧苗一把把在枯死。多娘梁子上每个村庄里的人都焦急地等待着，可是谁也没有办法。后来，一直到五月份，终于祭献阿倮欧滨了，天才像突然通了大洞一样，绵绵不绝地下起了暴雨……多娘人也终于喘上了一口气，才不分昼夜地把农活抢回来。

便是往年，每一年出祭阿倮欧滨，当天再晴的天，都会阴下来一些，要么还会下点零星雨，就是不下，天空里也会沉积一些蓄着雨水的乌云。

确实是名副其实啊! 人丁兴盛，村落庞大。不要说阿倮梁子，就是放在全县，绿春不会有几个这么大的哈尼山寨。

人多，是否故事就多? 寨大，是否就势众? 你是多娘县城一带12个哈尼山寨联合祭献阿倮欧滨神山的主寨子啊! 从哪一个春天开始，你用那根神传的指头，拨动一个习俗呼唤一方同胞协作向前的心弦; 丰收在望，一个稻作民族的精神，一年年，就这样以水的图腾，汩汩汩汩地淌向生命的耕地。

我善良而勤苦耐劳的妹妹就生活在这里，还有她热爱的家人。一母同胞的妹子，是我一条亲情的支流啊！这些年回家过年，大寨是我和亲人们必达的一个驿站。

　　旦找、俄托哺玛——这些都是你民间土土的哈尼村名。是否一开始就户多寨广，现在"大寨"的汉名也十分贴切，如出一辙，却又不似简简单单的翻译。

——莫独《大寨》

　　大寨村主祭阿倮欧滨的咪谷，是一个白氏人家，是世袭的。除了这世传的特定条件外，对所任咪谷的要求很多。但基本和寨子里祭寨神的咪谷相同，主要就是家庭要清白，家庭历史上没出现过非正常死亡的人员；自身五官端正，四肢健全，身体没有任何残疾；另外，夫妻健在，儿女双全，同时，没有过偷盗等不良行为，为人正直，在村里有一定的威望；等等。

　　对咪谷的日常行为，或者在出祭前，也有诸多要求。譬如禁欲，譬如禁食某些食品，等等。一些禁忌，要终身遵守；一些禁忌，只需在出祭前一两个月内遵守。

　　多年前，我在个旧工作时，大寨大咪谷的一个儿子，还在州里的一个文化部门工作，是搞文艺的。因为是同乡，从事的工作又有点相近，而两个又都住在青山里一带，有一段时间，来往还比较密切。后因这位兄长调往昆明工作，联系就中断了。后来，还听周围的朋友讲，前些年，这位兄长的母亲去世，这就意味着他的老父亲不能再任咪谷了，必须让位。寨子里和家族里的一些人，曾有过让其继任阿俁欧滨主祭咪谷的想法，无奈他身有公职，而人也在远方，不合适，便让他在大寨村老家的兄弟，传承了老父亲的咪谷职位。

现任的咪谷，据说已经是家族的第28任。从村中白姓人家的家谱可知，从建村始祖扁纳起，至今已有38代，以每代25年计，约有950年的历史。哈尼族历史上没有自己的文字，记忆靠口耳传承。随着事件的越堆越多，时间的越拉越长，传者与承者之间难免相互模糊与遗漏，一些时间或事件的脱节也就难免，再说，每任的时间有长有短，有年纪的原因，有其他外加因素的原因等，故而，不好准确地统计出大寨咪谷家的传延年限到底有多长。并且，这28任跟28代不能画等号，应该是28任的年限比28代更长，与38代的时间长短相近也完全可能。所以，近千年这个概数，基本还是可以吻合的。如此说来，多娘绿春阿俁欧滨的祭祀活动，差不多已有千年的历史。其实，时事沧桑，天地茫茫，也许，第几，这个不重要，重要的是延续，重要的是一辈辈的祭祀。只要还有这份祭祀，就会保留得住民族的那份敬畏之心，就会保留得住那座神林。那份信仰，就会继续在民族前行的脚步里传递。

倒是无意听到一件佚事。说是在久远的年代，当地一个有些势力的人家，用强势把阿傈欧滨的主祭权抢了过去，想过过主祭咪谷的瘾，甩甩主祭咪谷的威风，梦想在民间，盗用神灵的名义，占领民族的精神，统治民族的心灵。可是，没祭上两次，那个人家就连遭噩运，家庭接二连三地发生可怕的事故，骇得那人立即主动捧手把主祭咪谷的名位恭恭敬敬地送了回来。

民间说，骨头不干净的人，想吃这碗饭，是背不住的，别把小命弄丢掉。

就是说，这样的重任、大任，不是谁都干得了的，更不是谁想干就可以干的。

这方天地把这份责任交给了白氏人家，这就是历史的必然。

而命运选择了大寨，这也是民族的必然。

而一个政府，要为一个民族制造文字时，以一个特定的村寨的语言为标准音，我不知道，它最主要的依据和条件是些什么，但既然选择了大寨，这也说明，大寨有其特殊的地方，或者有其代表性的一面。

阿倮欧滨：藏匿不住的民族图腾

上有常绿林，下有长青竹，这是哈尼山寨的基本标志，也是显著特征。

每一个哈尼山寨，即使再小，都有一片自己独立的寨神林。寨神林在寨子上方，以一片自然林为主体，林子中央，选一棵标直的栗树为寨神的象征，树前立一块石头为标志性符号。有时，用几片篱笆，简单地围栏，或者，用几箩土，简易地垒个小台子。除此，没有任何其他人为的附加设施，寨神林与天然林之间也没有人为的分界线，仅以一些地势自然分隔。寨神林范围内的树，别说砍，连一片叶子都没有人会摘，每棵树都自生自灭，老朽后倒下，腐烂为泥，重新滋养更多的新林。

一年一度，以一头纯色的架子猪为牺牲，寨子里都要统一进行昂玛突祭寨神仪式，叩拜树神，祈求风调雨顺、五谷丰登、六畜兴旺、户户康宁。祭祀神林的猪肉按寨子里人家的户数，平均分给各家各户，分祭各家的祖先，祈望年年丰沛，人畜安康，谷物满仓。

一片林子，就这么生生世世与一座寨子为邻，时时刻刻注视着这些边地苍生早晚的袅袅炊烟，终年的兴衰苦乐。而这片林子对于山寨，对于山寨人，既是物质的，更是精神的。

这是力量的源泉，精神的源泉，生命的源泉。是团结、凝聚所有寨人的一股向心力。这是一个传统的哈尼寨子统领寨魂、人魂的中央。

与寨头的寨神林相呼应的，是寨脚的竹林，高大、茂密、翠枝交错，连成一片，形成一道绿色的防卫栏，严密地护卫着挂在高坡上的山寨。在当地哈尼民间有个说法："只要见到竹林，就见到了哈尼山寨。"可见竹子与哈尼人的密切关系。它和寨神林一道，形成一道屏障，把哈尼山寨紧紧地拥抱在怀中。

绿春县城山梁阿倮梁子像一条卧龙，由东向西盘旋伸延，一座座山寨，就前前后后筑建在狭窄的山梁两侧。

阿倮欧滨其实就是阿倮山梁上所有哈尼族寨子的集体寨神林。

阿倮欧滨就在阿倮梁子的最东头，是山梁的高峰，国道晋（宁）思（茅）路从元阳进入绿春的地界处，就是阿倮梁子的分水处，译成汉名叫分水岭。这里山势险峻，林木森森，终年迷雾蒙蒙，阴郁潮湿，一股清洌的甘泉长年不断，从密林深处钻出，到此依据山势自然分支分别流向左右两面山下……历史以来就是分山倒水的地方，清秀而迷离，被以树为神以水为命的哈尼先祖选中，也是情理之中的事。

每年春天，一个属牛的日子（如正常，通常是正月第二个属牛日），当一缕炊烟从密林深处袅袅升起时，那就是绿春山梁上十二寨的哈尼人拉开了大祭阿倮欧滨神灵的序幕——以一股溪流和一棵树为祭献的主要对象，三台枝叶的祭台搭在水边的树王前，茶、酒、肉、糯米粑粑、米饭等，一碗碗祭品被无声地摆上。没有人言语，一切都是肢体和眼神的交流，心灵默契的交流。只有偶尔突起的鸟声和风吹叶子的簌簌声，打破密林的静谧。在哈尼族名目繁异、异彩纷呈的多种祭祀中，这是最肃穆、最神秘的祭祀，亦是最高档次、参与人数最多的祭献。坡上，古木苍郁，显耀着时光久远的肃穆；箐涧，溪流汩汩，配合着主祭咪谷无声的呢喃。一群黑包头巾、黑衣、黑裤的男人，齐刷刷地纷纷跪拜在树林下……

阿倮欧滨神林就是扩大了的寨神林，阿倮欧滨祭祀就是扩大了的寨祭。

阿倮欧滨祭祀纯属民间活动，以绿春县大寨村为主，其他11个村寨为辅。在阿倮山梁上，这12个寨子从东向西分别是：俄批轰巩、洛瓦、阿倮坡头、牛洪、那倮果、阿倮那、上寨、小新寨、大寨、西哈腊依、松东、广玛。有时也说13寨，那是因为广玛村有两座寨神林，有人把它算作两个寨子。出祭时，各村派出一定人数的代表。代表组成人员随意又严格。随意的是，各村除了带头的咪谷，其他人员没有什么明确的指定人选，谁去的可能性都有；严格的是，除了人数的限定和对出祭者自身身体要求无任何残疾外，对其个人和家庭的清白要求也很高，很严格，以杜绝任何污秽对神树和圣水的亵渎。

一支队伍两批人，在出祭阿倮欧滨的同时，12个寨子各村还要分配一部分人，组成另一支小分队，抬着原来就备好的以一头小猪为主的牺牲，到阿倮欧滨脚下俄批轰巩寨子下面的田间，祭献俄批鲁牛——一块传说中神牛变化的石头。这个地点，就是今天绿春县大兴土木、在云南省内都颇有盛名的"愚公移山"项目——削峰填谷的地方。而鲁牛所处的位置，就在整个工程的中心。当地政府十分尊重民族习俗，尊重民族的敬奉心理，在真诚征询当地宗教民族人士后，结合整体布局，合理设计宗教理念。宏大而烦琐的工程，不动"鲁牛"一分一毫，以祭石"鲁牛"为核心，在未来的新区城市建设中，设计出民族宗教活动中心，围绕着鲁牛，设置一系列的哈尼族民间民俗活动内容。这样的考虑与实施，既尊重了民族情感，保存了当地民族原有的宗教祭祀神址，又传延、提升了民族宗教信仰，赢得了民众的信任。同时，丰富、突出了绿春未来新城区的民族城市文化内涵。

充沛的水分，温润的湿度，给予阿倮欧滨的草木以旺盛的生命力。不出三天，除了大祭时煮祭品留下的一个已经被火烧得残缺的木三脚架，一切都恢复到自然的状态，已经很

磕拜寨神林

难看出众人活动过的痕迹。其实，祭祀的队伍到达这里，除
了搭建祭台需要的一点草枝，几乎不动任何土石，不动其他
的一草一木。所以，平时在外人的眼里，这里不过是一块普
通的山地而已，除了几块积水的洼地，就是满山满坡葱郁的
林木，和叮叮当当日夜清流的泉水。只有哈尼人知道，阿倮

绿春十月年咪谷席

欧滨是个如雷贯耳的地名；也只有哈尼人知道，这里是个令人心里打鼓、脚杆发软的秘境。

这里就是哈尼人的心灵圣地。

平时，国内各地的哈尼同胞，不时有人寻找机会前往阿倮欧滨拜祭。连东南亚一带的哈尼同胞，顺着史诗的线索和祖先迁徙的足迹，一路回溯，也偶尔有人寻到阿倮欧滨朝拜。

如今，县里已把神林里的甘泉引到了穿越阿倮欧滨山腰而过的老晋思路边，林荫下的路口，一年四季溪水潺潺。如果有机会到绿春，现场捧饮几口神水已不再是难事。

在大自然的面前，每个人的生命都是卑微、渺小、极其有限的。生活经历和现实环境教会哈尼族懂得了这个道理，把命运溶入其中，把自己的生命交回给大山、树林和水，自觉成为大自然老实诚恳虔诚的一分子，让民族的命运和个人的生命、天地万物生生相息。如此，哈尼人以寨神林的名义，保住了一座座林子；哈尼人以祭祀的方式，守住了一片片山林。

阿俣欧滨，这是一座民族的祭坛，她用绿色的树林，四季高举着生命的旗帜。

沿晋（宁）思（茅）路从元阳向绿春方向进入，一路崇山峻岭，沟壑纵横，狭窄起伏的盘山公路，在高耸入云的大山间忽上忽下，大起大落，蜿蜒穿越。路的上下，远远近近，除了一些零落的小村庄，就是大片大片连起来的田地。荒芜的土地不多，成片的林子也很少。直到几乎爬到山头，过了元阳所属的最后一个村子、武警边防检查站所在地——岩甲，才恍若到了另一个世界一般：一片莽莽林海突然扑面而来，长得严严实实的，大树小树混杂交错，顺着山的走势，簇簇绵绵，层层峦峦，把每一道沟、每一道梁都挤得满满的。天空直接就被绿浪潮涌的树林托起，纯净得除了醉人的蔚蓝，就只剩下一些枝叶透亮的倒影。纤尘不染的阳光，把天空洗得像一片发亮的蓝色丝绸。曲折盘旋蜿蜒而上的公路，被路上路下伸展的枝叶严密地遮蔽着，车子就在林荫下穿行，路面只有走一截，才见一截。这满山满坡葱郁的树木，瞬间让人耳目一新，心底也一亮。那几个小时长途颠簸的枯寂与疲惫，也仿佛被这些绿色的水浪瞬间冲洗得干干净净。这里，空气清新、湿润，气候凉爽、舒适，满眼青翠、碧绿，与一路而来经历的景色截然相反。甚至让不知情的人疑惑，这不是即将要到达一个另外的县城，而仿佛要走进一片远离人类世俗生活的世外桃源。

一切，似乎都要重新开始。

这个绿色的世界，就是元阳和绿春两县的分界线，即当地人所说的分水岭一带——哈尼话叫阿倮欧滨的山地。

山，对于滇南地区来说，太平常，太司空见惯了。但阿倮欧滨不是普通的山，这是一座神山，是一座在哈尼人的世界里独一无二无可替代的神山。

阿倮欧滨神山，是多娘绿春县城阿倮梁子的一扇门户，高高耸立在阿倮梁子东头。

作为当地哈尼族最重要的宗教圣地，阿倮欧滨山上除了树，还是树，然后是树脚下汩汩汩汩四季不停流淌的山泉水。

树是阿倮欧滨的脸面，水是阿倮欧滨的血液。

一座山，被密密匝匝大大小小的树木严严实实地抱住，是幸福的。这是生命钟爱的山，是神喜爱的山，是哈尼人追求和向往、守护的山。阿倮欧滨就是这样的山。

在阿保欧滨山上，好多树，挺拔、粗大、高耸入云。一棵棵树，撑开茂密而庞大的枝叶，招风、戏云，安置鸟啼和阳光，用四季碧绿的春色，画出自己的一片天地。没有人能说得出这些树的年龄，百年，数百年，抑或千年？也没有人去干扰这些树的生长。祖祖辈辈，除了到祭祀的时间，多娘的哈尼人自发组织同胞跪拜在树脚下以外，平时，没有人无事会闯进这片神林里。只有神，和风一起，无影无形地随意出入其间。

林子下，是密不透风的杂草。肥沃的土壤、湿润的气息、充足的水分，以及长期严密封闭的绿色环境，使各种杂草恣意生长，疯狂扩张，覆盖住这里的每一寸土壤。每一棵树，仿佛都是付出了极大的努力才从草丛里挤出来的一样，下部都被百草死死地拥住。水流根本就见不到一丝一线的身影，只有把身心都安顿下来，静静地倾听，才能轻微地听到从草根下传出来的咕噜咕噜流动的声响，仿佛是山神在独自呢喃。

溪流彻底钻出林子，才见到阳光，也才把她清澈的身子，暴露在世俗的面前。

林子前方，是一片稍微宽畅的洼地，倾斜着，长满各种水草，缓缓地向山下延伸。两边的坡地，高大的林木，一棵挤着一棵，挤得山上满满的，一簇簇的绿荫，浓浓地遮掩着草地。阳光亮亮的，落在高高低低的树木上，落在高高低低的草棵上，落在有一块没一块的水面上。丽阳随溪流的出没，在草木间有一处没一处地跳动闪耀着。从这地势，从这些水草，不难猜测，旧时这里肯定是一片溪水潺潺、水草丰茂的沼泽地。大的、小的，素雅的、艳丽的鸟群，一窝窝在坡上的草丛间、树枝上觅食、嬉戏，不时飞临池塘，饮上几口水。"呱——""呱——""呱呱呱——"老抱手（一种肥硕的山涧水蛙）有一声没一声的鸣叫，在高高低低的水草间出没，在幽静的山林里显得如此响亮、突兀，仿佛是什么庞然大物无所事事地在吼叫。落叶一层擦一层，厚厚的，堆积在杂草间、水面上。

每一次走进阿倮欧滨山里，到阿倮欧滨祭祀的场地前，见到那碧草青青的林中池塘，见到这莽莽的肃穆而立的苍天古木，我的心里就会陡然升腾起一股阴森的感觉，一种敬畏和恐慌的感受也就随之而来，迫压着心胸。

在哈尼人古老的世界观里，每一池深居大山要地、被茂密的原始森林严密地包裹着的水塘、幽潭，包括那些有水的大深箐、大悬崖等等阴森、阴暗、阳光轻易难得顾及的地方，都是鬼怪的居所，是妖魔的老窝，哈尼话叫"能丛"或简称"丛"的恶地方。一旦经过这些幽深阴沉的地方，内心不强大，体弱心虚的人，魂魄就会被鬼怪捉拿，就会得病伤身，严重者甚至丧命。

在绿春民间的说法里，历史上这样的地方很多，当地的民俗专家和文史人员做过一些统计，达数十处之多。主要有：县城分水岭的阿偀欧滨；大兴镇阿迪河坝的阿迪童江罗马；大兴镇岔弄村的宗吴缩爬；戈奎俄甫的腊嘎莫奇；牛孔依期的朝玛昂黑；骑马坝渣玛的哈格竜；黄连山国家级自然保护区瀑布的茶卡河阿波；三猛巴东村下方的鲁玛偀德等。这些"丛"，有些以地名命名，有的以山或水命名，有些以官名或人名命名，虽然说是阴间地府，鬼宅魔窝，其实和人世凡间存在着千丝万缕的关联。

关于上面提到的"丛"，《都玛简收》里对大兴镇阿迪河坝的阿迪童江罗马有过这样的记述："阿迪童江罗是一块无边无际的大田，犁一次田，累死了九条牛。有七百七十个女子栽秧，插秃了她们的手指，秧却没栽完一半。栽下的秧苗七十七箩，收上的谷子却不足三背……"据说，那些未及出嫁便夭亡的姑娘的魂灵，都集中在这里，成为无爱可倚无情可寄的女怨鬼。也是，那么多被人间情爱抛弃的冤魂都挤在这里，不怪才怪哩。以至于后来，女人们到这丘田里栽秧，栽到最后，大家要招呼好，所有人的脚杆要一起抽出田水。若把哪个落下了，哪个的魂就会被丢下。在哈尼民间，鬼也有百种千种，其中那些正当年少、未婚而意外死亡的年轻人，最为可怕，居可恶的恶鬼之列。

看上面，阿倮欧滨就是一处这种让人心悸的禁地，并且还排在前列，首当其冲。

说到底，阿倮欧滨就是神鬼的家，并且是大神大鬼的家。

大神自然是都玛简收。且不管她升到天宫做了什么神，这里是她永远的家。而也有传说讲到，都玛简收并没有回到天上，而是嫁在了阿倮欧滨，做了鬼主的媳妇。平时，都玛简收用汩汩流淌的泉水抚育哈尼人；干旱时节，就给大家送来雨水做甘露，滋养苍生。但她是有脾气的，如果某年当地出了什么怪事，或者某人在村里做了什么大逆不道的恶事，她会迟迟不降雨水以此惩罚人间，直到大寨的咪谷率领众人真诚祭拜，向上苍忏悔，才让当地重新风调雨顺，大地一片生机……

都玛简收是大神，那大鬼是谁呢？

阿倮欧滨的大鬼主，是叫滨龙、滨斗的两兄弟。关于这两位大鬼主的话题，无论是在史诗中，还是在神话和传说里，抑或在当地民间，留下的相关内容都极少。他们作为阿倮欧滨的鬼主，出现的场所，主要不是出现在当地哈尼族对阿倮欧滨神山的传颂和祭献方面，而是出现在哈尼族神职人员莫批的法事活动中。哈尼莫批救治患病的族人时，有一种方式是必须深入到鬼域去，把被鬼怪拿走的人魂，以或求或讨或赎或抢等等的方式领回来，总之，一招不行换一招，想方设法。深入鬼域要经过层层关卡，好些时候，仅凭莫批自己的力量是达不到的，需要根据某个事件，求助相关的鬼主。阿倮欧滨是阿倮梁子上最大的鬼府，下面管理着多少大大小小的"丛"，这个时候，莫批就常常要求助到滨龙、滨斗两兄弟的府下，请两兄弟打通关卡，梳理关系。

滨，哈尼话就是分的意思。如此说来，把滨理解为阿倮欧滨的姓，亦尚可否？

这是一处自然的关口、垭口，亦是一处精神的鬼门关。

世界上的任何寺庙、朝圣地，都欢迎每一个信徒亲自到达目的地敬献、供奉。哈尼人的阿倮欧滨恰恰相反。正式祭祀时，它对到现场的人员的数量限制就极其严格，每年能亲自到现场参与祭祀活动的人，是很有限的；而平时，它没有任何的仪式，或样式，没有任何人为的设施，可以供人们去膜拜。它完全以树木、山地、溪流等纯自然的态势存在，几乎没有人正儿八经地带着供品去上供朝拜。哈尼人对阿倮欧滨的朝圣，主要是心灵的到达，心灵的朝拜，心灵的归宿，这完全是哈尼式的。

阿倮欧滨大祭的场址，就在涧水出林的地方。

这是一处山凹，是一处山中峡谷地带。这里，有一块稍微平缓的十余平米的空地，向两边延伸缓缓倾斜而下。流水就顺着坡势而去，并随地势的宽窄，沿途形成了杂草丛生的水域。两边山上恣意伸展的枝叶，形成相连的树冠，把整片水域牢牢罩在浓密的林荫下。

林里水分很重，空气很湿润，生态恢复得很快。今天踩倒的草棵，不过一夜就会挺直腰杆，长势如初。如果不仔细看，空地上看不出什么活动的痕迹。只有细心的人，才看得见零乱的杂草间残存着树枝做的三角灶，才想象得到一些炊烟的迹象。

实际上，一条不怎么明显的小路，一直在这里悄然地通过着。那是住在山那边的哈尼人，平时到多娘绿春县城赶街或走亲访友的便道。这山垭口，可以为人们省略许多爬山或者迂回的长途，成了一条有些隐秘的捷径。

阿倮欧滨是多娘阿倮山梁上所有的哈尼人顶礼膜拜的神山，每个人，都把这座山重重地放在自己的心坎上。但是，阿倮梁子上的人又没把神山当作禁山，没有把它当作不可靠近的禁地。这也是阿倮欧滨众多独特中的一个。

因为家里劳力少，就母亲一人，而家中的妹子又小，所以，少年时期，放学之余我也时常去地里拿猪食，帮家里一些忙。因为阿倮欧滨的深箐里，生长着一种十分肥嫩的哈尼话叫"巴皮"的水草，那是上等的猪食料，好几个星期天，我曾起早跟着左邻右舍比我大点的姐姐们徒步五六公里到阿倮欧滨的山林里去拿这种猪食叶。人小，路远，再在山里耽搁一段时间，都是早去晚回，好多个小时。运气好时，碰到村子里熟人开的拉沙的拖拉机能够搭上一截。平时，多半都是负重而回，背篓里水嫩的"巴皮"草一路渗漏着水分，到家时，身上早就湿透了，有时，衣服上还会被叶汁印上一块块或紫或蓝的暗淡色块，像一幅幅概念模糊的图画。那时，阿保欧滨祭祀已经被迫中断，但仍然听说过阿保欧滨祭祀的往事，只是不确定具体的地点而已。大家都大致知道，那一片广袤的区域，那一片广阔的山水，就是阿保欧滨，就是分水岭。但很少有人明确知道，内心敬仰的阿保欧滨神祇，到底是指哪块方位；神圣的祭祀地点，到底是在哪个位置。

在火塘边，或者劳动的田间地头，零零碎碎地，也能听到一些与阿保欧滨相关的事情。那时，因为众所周知的原因，大人们讲得很神秘，我们听得更神奇。

据民间传言，以前，到阿保欧滨神山上去祭祀，是不需要人们带上碗筷的，只消赶着猪去就可以了。祭祀的队伍到了那里后，主祭的咪谷背对着神树站好，然后，手掌向上，双手往背后伸出，默默向神灵祈讨，爬满青藤和树衣的老神树就会徐徐打开一道缝隙，把祭祀所需的器具，如碗啦筷啦盆啦等等什么的东西，一件一件地递到主祭人的手上来……

除此外，那时，多娘阿保梁子上每个村寨碰到红白喜事，需要大量请客而碗筷不够用时，都可以到阿倮欧滨神林里向神树借用。可是后来，终于有一年，在阿倮坡头村里有一户人家借用的时候，不小心碗筷被狗舔了，从此，任何活动再也不能从阿倮欧滨借到碗筷了。缘此，后人也就无缘见识阿倮欧滨神家的碗筷了。狗是哈尼人最亲密的朋友，它有恩于哈尼人，哈尼人就一直护爱它。在远古的时候，哈尼人的谷种被洪水冲走后，是狗从天庭把谷种盗回来送给哈尼人的。但在神那里，狗是邪气的东西，神是很忌讳狗的。为此，在过年过节诸神回家期间，哈尼人从不打骂狗的，以免自身沾染狗的腥气，被诸神嫌弃，得不到神的佑护和福照。

这样的地方，属于神鬼的天地。在多娘阿倮梁子上只有哈尼人生活的年代，除了前往祭祀的时候，哈尼人是把它牢牢地放在心间，深重地敬畏着，无论是从心理上，还是从行动上，都是从来不敢去打搅的。

一些似是而非的传说，在一段时间里流传。

却不知从什么时候起，那里驻扎了一个部队。几幢平房，孤零零地建在密林前，那就是营房。没有人知道那是什么部队，独自住在那荒山野外到底是做什么。但大家都知道那个部队叫"134"。后来，以致那一带的地名，当地许多人都只知道叫"134"，并且至今仍然沿用着。但那些年，许多人不清楚，阿倮欧滨确切的祭祀地点，离那里仅仅就四五百米的距离。

20世纪70年代，有一年，有一件事传得沸沸扬扬，闹得人心惶惶。就是传说驻扎在阿俣欧滨山上的某个部队里，有一个战士在山里突然失踪了。不要说在那个特殊的年代，就是放到现在，部队的战士突然失踪，那是何等严重的事件。那个年代，部队与当地群众的关系是十分密切的，你来我往，真正的军民鱼水情。那时，现在的村委会叫大队。阿俣梁子中心的牛洪大队就大规模地组织阿俣那、牛洪、那俣果、阿俣坡头、洛瓦、俄批轰巩等村寨的民兵和青壮年男子，既神秘紧张，又严肃认真地协助部队深入到大山深处去找人。

阿俣欧滨神山虽然说如此神圣、神秘，但是，除了真正面积很小的祭祀地点之外，它庞大的山体，其实，就是平时农闲时节阿俣山梁上几个哈尼山寨的人家野放耕牛，采撷野菜、野果、野竹笋的地方。其他山那边的一些村寨，也会把牛放到这边，也会到山里打鸟拿菜等等。因为每隔一段时间，人们就要上山去看牛，或者狩猎，所以，对一些当地山寨的农人来说，那片山林并不陌生。那次，峰头峰尾，庞大的寻人队伍，作地毯式搜寻。可是，人们在山上找了两天两夜，踏遍了山北山南，山东山西，梁子洼地，翻遍了每一处丛林，每一蓬草棵，就是不见失踪人员的踪影，也不见任何蛛丝马迹。直到第三天，事情才有了结果：人们从营房背后近在咫尺的阿倮欧滨祭祀场地附近的林子里，发现了那个失踪的战士，那人像站岗一样，怀揣着枪，靠着一棵参天大树直挺挺地站着，却早已死去多时。

关于这起神秘而怪异的事件，民间众说纷纭。有一种说法是，那段时间，多娘阿倮山梁上几个寨子里，都先后突然出现过一个披蓑戴笠的神秘陌生女性，又突然消失。有人怀疑上面的事件与这个女人有关，都说女人是附近某邻国的特工。但都是些虚妄的猜测和传言，没有谁说得清。因为事件本身的特殊性，相关的流言，在当地很快就销声匿迹，讳莫如深，夹带着些许神秘的恐慌，被每个人深深埋进自己的记忆深处。

民间还有一个诡异而残酷的故事：一次，山梁上某村里的一妇女，不知是图方便还是分不清神林的界线，在阿倮欧滨神林范围里砍柴。"嚓嚓"的砍柴声在林子里传响，就听到密林里传来幽幽的阻止声："不要砍柴，这里不能砍柴！"

但"嚓嚓"声仍在林子里响着。"听不见嘎，别在这里砍柴。"也不知妇人是没听见，还是没在意，或者抱着侥幸心理，或者其他什么原因，总之，"嚓嚓"的砍柴声并没中止。密林里就传出狠狠的诅咒声："叫不要砍不听，让你见鬼！"等砍柴的人砍好背着柴回到家，见出门时还在家里活蹦乱跳的两个儿子，莫名其妙地双双突然倒毙在地上……

还有一个开拖拉机拉沙的年轻人，一次路过阿俣欧滨时，看见一棵树倒伏在路边上，就拖到车上拉回家做烧柴。后来，年轻人结婚了。但几年过去，他的老婆就是怀不了孩子，多方求医问药也无济于事。后来思前想后，想不出自己做过什么伤天害理的事，却回想到把阿俣欧滨的树拉回家那事，就在某年祭祀阿俣欧滨的时候，向大寨村的咪谷求情，贡献出当年祭献阿俣欧滨所需的公鸡和公鸭。还别说，后来真就有了儿女。

……神秘的山，神秘的人，神秘的事，还很多，事事与树有关。

真正重新恢复祭祀阿俣欧滨神灵，那已经是20世纪80年代初期的事了。随着一些民族风情习俗的逐步恢复，阿俣欧滨祭祀，也如时回归到阿俣山梁上的哈尼山寨中，回到哈尼民族的生命里。

在20世纪80年代以前，除了一些年长者外，对一般六七十年代出生的后生们来说，阿俣欧滨，更多的是以一种神山的"虚空"的山名的形式认知的，有的，只是一些抽象的敬畏，莫名的威慑，没有什么具体的内容和印象。多少年，阿俣欧滨的山名伴随着大家出生、成长，平时，也会有人经常在它的外围经过。但很少有人能够深入到它的腹地，更不要说亲历祭祀的场所。

当阿倮欧滨的祭祀重新回到多娘阿倮山寨，并逐步回归到常规化时，渐渐地，阿倮欧滨的名字，从多娘阿倮山梁漫延开去，沿着这个民族远徙的一条条路径，重新流淌到世界各地的哈尼同胞的心里，让人温习、回味，重新触摸心底久违的那股牵连，那缕亲情，那份温暖。

阿倮欧滨已经有些模糊的面纱，被再次轻轻揭开；阿倮欧滨已经有些遥远的距离，被再次渐渐拉近。神圣的阿倮欧滨，重新回归到每一位族人虔诚的心间。

阿倮欧滨的祭祀虽然神秘，但不隐秘。在阳光灿烂的春天，在一个圣洁的属牛的日子里，哈尼人向四方传播：我们要去祭献阿倮欧滨了，我们要去祭献山神、树神、水神了！

然后，沐浴净身，换上净黑的一身传统服饰。大伙从不同的村寨出来，背上必需的器具，赶着选定的牺牲（家畜），沐浴着明媚的春光，庄重而肃穆地向阿倮欧滨进发，向大地的祭台进发……

自然地，这一祭祀活动，早已成了绿春城区民间最重大的民族传统节日。这一天，县城山梁上的其他人，都以能到这12个山寨里去做客为幸事，为喜事。

为了丰富哈尼长街古宴的内容，也为了让更多的人亲身感受到祭奉阿倮欧滨民族文化的魅力，现在，每到农历十月年，绿春县城大摆哈尼长街古宴的日子，活动组就会安排当地的村寨，组织一场阿倮欧滨出祭仪式的表演。纯黑的土布着装的出祭队伍、花牛车、童男童女……还是那么像模像样，只是多了些喜庆和艺术的成分，少了些庄重与肃穆。

连阿倮欧滨尊贵的神树，也象征性地被培植到阿倮欧滨山脚下的多娘民族风情园里，在长街古宴这种全县性的节庆间，请来村里的尊者咪谷，做些祭祀的典仪，既丰富活动的内容，也给外来的宾客们感觉祭祀神树的神秘气氛，感觉哈尼人对树、对自然的那份无比的尊崇与敬畏。

阿倮欧滨，就是阿倮梁子山脊上所有村寨统一的神山，统一的寨神林。

这是一座无法藏匿的大山。但不会有人知道，在遭遇都玛简收之前，它以什么样的名目存在。在滇南的崇山峻岭中，在红河南岸的遥远边地里，它和周围众多苍郁的山峦一起，走过了怎样漫长的岁月。在那个必定的时机里，它以独一无二的姿态，走进了哈尼祖先的口中，走进了《都玛简收》的情节里。而今，随着民族迁徙的脚步，随着这部史诗的走向，随着多娘哈尼人祭献阿倮欧滨的延续，它走进了世界各地所有哈尼人生活的天地，走进了一个民族柔软而坚韧的内心。

阿倮欧滨，作为哈尼族独有的名词，在一个个哈尼人的内心世界里，辉耀着独特而奇异的光芒。它不仅仅耸立在多娘阿倮梁子的东方，同样耸立在众多哈尼人心灵的东方！

　　是的，它是无法藏匿的，阿倮欧滨是无法藏匿的。它被数以万计的哈尼人铭记着、向往着。

　　人类彰显自我"强大"的最明显的符号之一，就是喜欢在地球上留下这样那样的痕迹。

　　哈尼人自誉为自然之子，是以那种真正的融入的方式，和自然谦虚相处的。

　　就是阿倮欧滨这种如此神圣、庄严、隆重的全民性的祭祀活动场所，它也几乎没有任何人为的标志性物品。除了祭祀时到场的少数人群，和那股暂时的炊烟外，平时，它完全还原回山林的状态，自然的状态。

　　阿倮欧滨——这是神分水的地方。分山倒水，它让生命的水，自然地分流到山的每一面，分流到大地的四面八方，让所有的生灵，不分强弱，不分大小，不分高矮，享受到一滴水平等的喂养。

　　阿倮欧滨——这也是哈尼祖先分水的地方。这一捧精神的水，被一部史诗从民族的源头开启，分配给每一支繁衍的族群。这一分，就分了千年万年，至今仍未停息……

　　这是一股无以枯竭的水，永远流淌在神圣伟岸的阿倮欧滨山上，永远流淌在一个民族极度虔诚而满怀敬畏的心坎上，永远流淌在一棵始终活在善良的心头毕生不倒的树下……

朝圣：一个民族集体的信仰

每当遭遇到什么突发事件，突然被惊着、吓着，骇得心惊胆战、灵魂难安的时候，但凡多娘绿春享有阿倮欧滨祭祀权利的12个哈尼村寨里的人，都会情不自禁地说出自我安慰的一句话："不怕不怕，别担心，我们是阿倮欧滨的子孙！"这些村寨的人，都以阿倮欧滨为荣、为保护神，都认为阿倮欧滨的神力是无限的，为众神之首，都以自己是阿倮欧滨的子孙为荣、为幸，感觉一生里有阿倮欧滨的庇护，自己就比别人多了一份吉祥和安康，少受鬼怪与邪祟的侵袭与伤害。

密林的阿倮欧滨，透透实实地浓郁在阿倮山地的人们的心头上。

其实，这只是地理的，概念化的。阿倮欧滨对哈尼人真正的渗入，是心理的、精神的，不仅深远，而且广阔。

如此，阿倮欧滨绝不仅仅是多娘梁子12个哈尼寨子的，也绝不仅仅是绿春的，阿倮欧滨是属于整个哈尼族的，是属于民族的，是属于尊崇生命的人们的，是属于人类的。

事实上，它真正是属于神的，属于自然的。

哈尼族是一个山地民族，以村落的方式，分散居住在一定区域的山区。在国内，哈尼族是云南独有的十余个少数民族之一，约150万人。主要聚集在巍峨苍郁的哀牢群山之中，云南南部红河与澜沧江流域的中间地带。其中，以哀牢山区红河哈尼族彝族自治州的红河、元阳、绿春、金平、建水等县为主，约占国内哈尼族总人口的一半。除此，普洱市的墨江、江城、宁洱、澜沧、景东、镇沅等县，是哈尼族人口的集聚区；另外，玉溪市的元江、新平、峨山、易门等县，西双版纳傣族自治州的勐海、景洪、勐腊等县次之；其余零散分布于楚雄彝族自治州的双柏、武定等县，和昆明市的禄劝等云南其他地州各县。

哈尼族还是一个跨境而居的国际性民族，除了中国，还集中生活在缅甸、泰国、越南、老挝等东南亚各国的北部山地丛林里，有近50万的人口，其中，以缅甸居多，约占五分之三。

多少沉浸于阿倮欧滨传闻中的远方的哈尼人，因为各种原因，无缘到达多娘阿倮欧滨山上亲自跪拜，就把头朝着阿倮欧滨的方向而眠。无论住在什么地方，住得多远，世界各地的哈尼人对神的认识是一致的：神无所不在，无处不在，万事万物皆是神。每一潭水，每一片林，自然不要说，有神在里面居住。每一颗石子，每一粒土，都是神的居所。甚至一只微小的虫子，都可能会是神的附身。在日常生活中，神摸不着，看不见，神和人的距离是存在又不存在的，既远在千里，又近在咫尺，神和人息息相关。每个人心里都明白，人类的任何活动，甚至隐秘的个人心理活动，都被神掌握得一清二楚，再细小的一份虔诚，神都不会忽略掉。

可以这么说，但凡哈尼人，不管是国内的还是国外的，没有一个不想亲自参加一回阿倮欧滨的祭祀活动，没有一个不想亲口品尝一口阿倮欧滨的祭品。但对于多数人来说，多娘阿倮欧滨，是多么遥远的地方，遥远得仿佛就在天边。那是一个多么神圣的地方，神圣得把一生的脚步全部加上，也无以到达。这些愿望，更多的，是留在念想里，留在美梦中，留在自己一生中那些向善的足迹里。再说，阿倮欧滨的祭献，虽然有明确的日期，但因为有诸多主客观的原因，不一定每年都能如时举行，延期是常有的事。所以，有时要碰上，还有个缘分在那里。这是个可遇而不可求的事件。

但是，不管到得了到不了，这不影响四面八方的哈尼同胞们继续对阿倮欧滨的怀想和向往，不影响远远近近的哈尼人继续对阿倮欧滨的尊崇与敬畏。

2003年春天，泰国清迈、清莱的10个阿卡（国外哈尼族称谓）兄弟姐妹，相约着慕名赶到中国寻根。沿着传说的脚印，他们越过无数的崇山峻岭，一路欢欢喜喜来到多娘绿春，来到梦寐以求的阿倮欧滨神山下。一个春光明媚的下午，在寨头明亮的寨场上，在被寨人敬着护着的神栗树下，阿倮梁子上古老的村庄阿倮那安，用亲情温暖的胸怀，热情地拥抱了这群远道而来的孩子。

泰国过来的阿卡同胞们，男男女女，一个个脸膛长得黑黑的，浓眉大眼，五官俊朗，一看就知道，是从山地上滚大的，是哈尼族地地道道的后生。

多娘阿倮梁子上哈尼山寨里的老人们，都听父辈们说起过，一部分同胞在迁徙时走到远方去了，但都不知道走到什么样的远方去了。到底有多远？谁也没有联系过，谁也不知道。这与哈尼族众多的迁徙史诗和故事、传说里讲的是一致的。今天，传说中的同胞突然归来，久违的亲人突然相逢，大家都像在梦里一样，欢聚一堂，相互端详，谈笑风生。春风徐徐，神栗树用浓密的林荫，为这群哈尼的后生洗涤长途拂染的尘垢，清爽地守望这幕亲人相会的动人喜悦场面。这棵树不属于寨神林里的神树。但仍然是寨子里被众人敬奉的神树之一，一年一度，由寨子里一白氏家族主持着单独祭奉，寨子里的人不分家族，不分男女老幼，都主动前往磕头祈拜。这样的神树，不多，就像古老的遮天大树一样，用自己庞大的绿色，在一个懂得敬畏的民族向前的脚步声中，无声地讲述着生命的神圣和尊贵。

在绿春短暂的几天，他们除了走访多娘山梁上被阿倮欧滨紧紧护佑的几个哈尼山寨外，还专程到阿倮欧滨的密林里，亲自叩拜了神林，终于喝上了以前只是在神话故事和梦想里才敢奢望的甘泉。他们圆了多少父辈回身向北，重新回到泉水的源头阿倮欧滨，回到故土，回到母语的怀抱的夙愿。

这是时代创造的新的神话，写在世纪的经典里。

2003年底，在中国和泰国两边相关人士的帮助和支持下，作为回访，我和在绿春哈尼村寨里一边从事农业生产，一边在民间从事哈尼文化研究与传播的6个兄弟姐妹一行7人，一道到泰国的清迈和清莱进行了为期10天的交流和学习。

这是千百年来，阿倮欧滨的神泉，一直走着的一条道路。

我们像一股新的流泉，从阿倮欧滨出发，越过千山万水，抵达这股最远的亲情的怀抱。

在泰国整整10天，我们几乎没有完整地在城里待过一天，每天都早出晚归，从城市出发，到某个阿卡山寨走亲、探访、聊天，结束一天的行程，晚上又回到城里住宿，天天如此。特别是在清莱的许多山区，包括金三角腹地的一些阿卡村庄，是我们此次的主要走访地。这些村庄，都藏在大山里，藏在密林里，路途遥远、崎岖、陡峭，直上直下。除了中国，除了中国红河，这是世界上哈尼族重要的一个聚居区，这应该是境外哈尼族聚居最集中的地区。

听说是从神秘的阿倮欧滨的怀抱里来的同胞，大大小小的山寨，每一个我们到达的村庄，都做了热情的准备：用棕叶和绿枝做彩门，用铿锵有力的竹筒舞，打开了迎亲的胸怀……

在那久远的年代，哈尼人扶老携幼，被迫离开热爱的家园。一批批的哈尼人，先先后后走在茫茫的路上。那时，没有什么可靠的通信方式，特别是随着时日的长久，尘途的拉长，相互间要想传递情况，难度越来越大。后面的人对前方人马行进速度的了解，主要就靠观察他们在行进中砍断的路边芭蕉树的发芽情况。这一支走得有点急，走出了大部队的视野，箐涧的足窝早已被溪流冲平，砍断的芭蕉树，心心重新冒出的嫩芽，早已齐整整地长好，后面的大部队已经分不清这些人是去了东，还是去了西，是走了北，还是走了南。这支神秘的先头队伍，从此走进了民族口耳传承的史话里。多年后才知道，他们已经跨出了国界，走到了国外，走进了东南亚的丛林里。

好在，这些境外的同胞还没有把母语丢失，离开了这么久，他们依然把这根祖传的"拐杖"牢牢地拄在手中，并在异域陌生的天地里，重新插活了手中的"拐杖"，并让其繁衍成新的丛林，哈尼人的丛林。而让我惊讶的是，他们的语言和多娘绿春的语言惊人地相似，双方相互间交谈起来，是那么轻松。这对有二三十个支系，有十数种民族内部方言的哈尼族来说，实属意外，难道这支族群与绿春的哈尼族有什么

哈尼神鼓

特别的关联？和阿倮欧滨有什么不解之缘？

在一个叫帕雅卡的阿卡山寨，我们一行的人中，有人和当地的老人续家谱（族谱），相互间居然能够续到四五十代以上，千余年的历史。也就是说，这个山寨里的哈尼族，和绿春哈尼族的一支是同一个祖先的后人。讲到多娘绿春阿倮欧滨的神话故事，阿卡老人们也能说出个大概，相互间居然可以各来一段，互相传续。他们说阿卡人也是阿倮欧滨的子孙，阿倮欧滨分出的十二股水，其中有一股就流到这里。这是真的，是事实说明了一切，而不再是史诗不厌其烦的诉说。在另一个山寨，有一个阿卡阿皮（老奶奶）唱了几句哈尼儿歌后，说出"咪玛玛煞阿倮那安，处安咪沙倮果独红"的俗语，这是在多娘绿春家喻户晓的一句典故，就是最终归宿于阿倮欧滨的哈尼女神都玛简收送给我衣胞的村庄阿倮那安的定语和祝词，那时，却在远离祖国的异国他乡，从一支"走失"的族亲的一位老人口中说出，让我们所有的人都心潮澎湃，倍感亲切。那一瞬，我的心里竟然觉得，有时，历史是那么近，许多传说，就像发生在昨日。

那时，没有人怀疑，阿倮欧滨遮天大树的枝叶，照样笼罩过这些亲人。只要哈尼人的血液流淌到的地方，就有阿倮欧滨的泉水流动着。时光再久，也是如此。

2008年，初冬，借绿春县一年一度哈尼长街古宴举办的契机，第六届哈尼/阿卡国际学术研讨会在绿春召开。这次学术研讨会，邀请到包括中国、美国、俄罗斯、瑞典、澳大利亚、日本、韩国、新加坡、菲律宾、泰国、缅甸等10多个国家研究哈尼族文化的专家学者300余人，其中不乏从事这一研究工作的东南亚各国的阿卡（哈尼）同胞。

一个中午，县文联在绿春木材站下面的一个小酒馆里，单独宴请我带去的几个文艺界的朋友，另外，有两位前来出席会议的缅甸的哈尼阿卡同胞同席。我用绿春城区的哈尼话和他俩交流，虽然不是那么流畅，但只要放慢速度，对起话来，障碍并不大。谈到阿倮欧滨，他们显出浓厚的兴趣和极度的向往。他们说，这次来到绿春，来到哈尼的圣地阿倮欧滨，学术交流是一个形式，走亲、寻根、叩拜阿倮欧滨，是最终的目的。

阿倮欧滨这个特别的名称，随祖传的血脉，一辈辈，渗透到了哈尼人流动的血液里。

当然，从哈尼族口头史诗的整理和当下学者的学术文章，以及当代哈尼族作家众多的作品中，看到的、了解到的，就更多更快捷了。这些，是远方的哈尼同胞靠近阿倮欧滨、亲近阿倮欧滨、融入阿倮欧滨最快捷的一种时代方式。

近年来，为了让更多的外来游客和国际上哈尼文化的研究者们更多、更直接地了解、熟悉祭祀阿倮欧滨的仪式，在长街古宴的节庆期间，绿春当地政府还组织大寨村的咪谷，在多娘风情园的神树前，进行祭献阿倮欧滨神树的仪式演绎。

多年前，我在绿春县文化馆工作时，有一个在中国求学的日本留学生，在绿春最边远的乡镇半坡乡的一个哈尼族小村子里搞民族文化调研，一待就是半年。其间，通过熟人的介绍，他找到文化馆，和我讨论哈尼族民间的一些习俗，一口流利的哈尼话，叫人无法相信他来自遥隔重洋的另一个国度。他从我主编的文化馆综合性文艺刊物《春草》杂志上，读到几篇关于阿倮欧滨的作品，了解到阿倮欧滨的神秘，了解到多娘人对阿倮欧滨神林的敬畏和护爱之心之切，了解到阿倮欧滨山水对当地人的重要，了解到阿倮欧滨这几个字在当地哈尼人心目中的分量，就表现出迫切想亲自到阿倮欧滨密林里去看看的意愿。尽管他满口的哈尼话和对哈尼文化的那份热爱，让我感到亲切和钦佩，但我未敢带他去。不管你怎么虔诚，一个初次接触的陌生人，并且还是外国人，我不会带这样的人贸然上神山的。但这让我再一次感觉到，阿倮欧滨给予一个外族的触动与震撼。对树和水的需要，相信世间的每一个种族，都应该是一样的；不同的是，每一个种族，对树和水的认识与态度，以及爱惜和热爱方式，可能会千差万别。

绿春是有名的哈尼山乡，典型的哈尼圣城，哈尼族人口占全县总人口的88％以上。这么高的比例，是走遍全球也找不到第二个的。每一次和外人谈论哈尼族，谈论哈尼文化，绿春是无法避开的。而只要谈到绿春，阿倮欧滨又是绝对绕不开的一个话题。许多没到过阿倮欧滨的族人，都期望能亲自到神山上走一走，亲自零距离地去感受那种神秘的气息和福分。这样，作为阿倮欧滨的子孙的我，有时就成了牵引的人。光是陪哈尼族著名作家艾扎先生到阿倮欧滨膜拜，我就去了两次。而每一次回绿春参加哈尼长街古宴，都成了我带领各地的同胞们叩拜阿倮欧滨的最佳时机。

事实上，国道晋（宁）思（茅）路元阳和绿春交界处所谓的分水岭，就在阿倮欧滨，阿倮欧滨祭祀点，就在分水岭段上方数百米处。无论有意还是无意，只要通过这里出入绿春的人，都自然要扑进阿倮欧滨的怀抱，呼吸阿倮欧滨的气息，沐浴阿倮欧滨的神性。

多娘绿春的哈尼人对阿倮欧滨的敬畏与尊崇，是出于民族对自然的认识和融入，出于自身对生命的领悟与尊重，是从民族的情感与繁衍、发展出发，从心灵出发。他们从来不考虑外界的看法。但可以这样肯定地说，哈尼人对树的尊崇，对山水的尊崇，对阿倮欧滨的尊崇，是全民性的，是国际性的，是自觉性的。

这是一个民族不倒的信仰，千余年了，一直挺立在哈尼人灵魂的高地上。

人类换了一代又一代

祭祀阿倮欧滨不间断

只要哈尼还有子孙

只要天上还有太阳月亮

祭祀阿倮欧滨就不会断

——《都玛简收》

圣骨：一生扣进生命中的吉祥物

在我随身携带的皮夹子的内层里，一直装着一块手指甲大小的猪骨头，有时一年一换，有时两三年一换，新的继续随身携带，旧的藏在枕头底下，或者和自己的那些重要物品一起收藏在箱子里，悉心保存着。类似这样做的人，远远不止我一个，生活在绿春县城多娘阿倮山梁一带的哈尼儿女，大有人在。

这不是一块普通的猪骨头，这是经过了阿倮欧滨神灵洗礼的圣品，即民间所谓的"龙骨"。

这是我的吉祥物，是我今生用过的唯一的一种护身符。

绿春县城山梁上的哈尼人，都以自己是阿倮欧滨的子孙为荣。每年春天阿倮欧滨大祭后，以能得到一块从神山上带回来的猪骨为幸为福，人们把它严密地缝在自己常穿的衣裳的衣角等地方，或者细心钻孔，或用毛线织成小兜子紧紧包裹好，穿在钥匙扣上，以作护身符。为此，土生土长在阿倮山梁上，能够以阿倮欧滨子孙的身份接受神灵的护佑，在绿春是一件荣耀的事。

祭献阿倮欧滨，现在实际上已经成了绿春县城山头全民性的节日。每年的这天，下午五点以后，绿春城里熙熙攘攘，车来人往，全都是三五成群地到附近村寨做客的人。

那些年，我还在绿春工作的时候，每逢祭献阿倮欧滨的日子，我在县城阿倮那安村子里的家就被小县城的文友们挤满。阿倮那安居阿倮梁子中部，是在哈尼史诗《都玛简收》里出现过寨名，女神浪迹的途中曾经留宿过的村庄，是与阿倮欧滨密切相关的少数几个寨子之一。到这样古老、吉祥的村子里参加阿倮欧滨的祭祀活动，分享阿倮欧滨神灵恩赐的福分，意义当然是非凡的。获取圣骨固然是大伙的奢望，但实现的可能性很小。而那条被一再切割，最后分定时只剩一指长短，被父亲用垫着野芭蕉叶的小碗取回家的祭肉，还要再一分为二。一部分吊在火塘上方的串肉杆上，留待泡谷种时拌在种子里；一部分当场切成肉粒煮熟，连汤一起用小巧的祭碗端上，庄严地摆在桌子中央，请大家象征性地品尝。此时此刻，每个人都一脸虔诚，心怀喜悦与感动，人们图的就是那份神秘的福气，那份来自民族久远的神话和头顶的神林的福祉。节庆的宴席打开，四方的亲朋围聚，大家举杯互祝，共同感怀年景，感念生命。吃喝到一定的时候，大家又相互传颂着《都玛简收》的片段，谈论着《缩最禾土玛绕》的情节，谈论着阿倮欧滨，谈论着树和水，谈论着山和地，谈论着哈尼人和梯田、稻谷，把一个节日喧嚷得热热火火。其时，每个人都成了个中的角色，在传说的长河里，欢快地奔流一程。

在阿倮欧滨的神山上，做牺牲的那头猪的猪肉，会根据参与祭祀的12个寨子每个寨子的户数量，分配给各个寨子，由各个寨子带回各村再自行分配。因为户多，分配到最后，每家分到手的肉会很少。但圣肉是不存在量的多寡的，户均一份即可，没有人会起贪心想多占多取。而猪骨就没那么公平了，那么多人家，本身就不好均分、细分，加之这个人一块，那个人一片，多半往往被各个寨子上山的人公开半公开地各自囊为己有，最后与份肉一起，能够分到各家各户手里的，几乎微乎其微。

阿倮欧滨在绿春县城东部，离城区约三四公里的山坡上，树木苍郁，溪流潺潺，是当地分山倒水的地方，汉名叫分水岭。这里就是令四面八方的哈尼人敬仰的民族宗教圣地，名闻哈尼世界的叙事史诗《都玛简收》，或《缩最禾土玛绕》里所传说的树王遮天大树生长和倒伏的地方。哈尼族所谓的宗教，就是认为万物有灵，尊崇以祖先为主的天地万物，就是敬奉大自然。而这样的现象，最具典型和个性的代表，就是以树为神，为寨神，为一个民族统一的至高无上的保护神。但凡哈尼族的村庄，每个寨子，都有一座自己的寨神林，哈尼话叫"昂玛昂丛"，"昂玛"，即力量之母，力量之源之意；"昂丛"，即中心、中央的意思。寨神林就在寨子的上方，与山寨紧连，居高临下地荫庇着山寨，守候着寨子。每年春天，每个寨子都要独立祭祀自己的寨神林，祈求寨神护佑，给予每个村民以力量和精神，使其能以更好的体魄和精力迎接新的生活。

无疑，绿春多娘阿倮欧滨神林，相当于是扩大了的寨神

林，是多个寨子共有的寨神林。阿倮欧滨祭祀，即寨祭的扩
大，是多个寨子合作的祭献。如果说有什么不同，那就是：
祭祀寨子的昂玛神林，更多的是敬重与求福、求安；而祭祀
阿倮欧滨山水和神林，主要是出于敬畏和免灾、避难。这样
的现象，即便是以树为神、为尊、为贵的哈尼世界里，也是
唯一的，独一无二的。这场祭祀是十分严肃的，首先，牺牲
必须是一头毛色纯净的黑色大公猪，不允许掺杂一根其他毛
色。其次，大寨村主祭的咪谷是家庭世袭的，必须是夫妻恩
爱、儿女双全、一生清白的当家男主人，一旦有一条不符，
便要立即让位给家庭的其他男人，如自己生养的任何儿子。
最后，各个寨子到阿倮欧滨祭祀现场的人员，既有人数的控
制，对其身世的清白更是有严格的要求，就连身带残疾也不
行。并且只能是单数，不能是双数；只允许男人去，不允许
女人去。日期，是农历二月份第一个属牛日，当然，这期间
主祭村大寨村里不能出现诸如老人去世等类似的一些事件，
如一旦出现，就得延期。有时不出这事，就出那事，会延得
很长，一直要等到日子"干净"为止。另外，现场的规矩，
也有很多规定的，如不许喧哗、打闹、嬉笑、怒骂等。

阿倮欧滨神林我去过多次。但真正的祭祀，却一次也未
能参加。2001年春天，为了迎合省、州倡导的建设民族文化
大省、大州的需要，绿春提出建设哈尼文化特色县的口号。

当时，我在绿春文联工作，负责着手起草哈尼文化特色县建设的方案。在绿春搞哈尼特色文化，是不可能避开阿倮欧滨的。起草相关的方案，同样回避不了阿倮欧滨，回避不了阿倮欧滨的山水神林文化。所以，那年春天，祭祀阿倮欧滨的时候，我曾与自己胞衣的阿倮那安村和大寨村的咪谷先后联系，说明原因，要求到现场摄制相关的活动经过，以收集第一手资料，为下一步工作打基础。因为是关系到县里的大事，咪谷们并不反对我到现场，但坚决拒绝拍照，口吻里显示着不那么友好的气息。原因就是那是一场人神特定的交流，是人神一次特殊的对话。除了特定的环境、氛围，也需要特定的心理。现场人员相互间有事也靠哑语、手势和眼神打交道，严禁说话。这么神圣、肃穆、虔诚的现场，有人到处乱闯，在神林里噼噼啪啪一阵乱闪乱照乱摄，谁能保证不惊扰神灵，不破坏气氛？谁能保证不打破那种千余年来的肃穆、安宁？因为不能摄像，不能拍照，不能采访，不能采集什么具体的实物，拿不到第一手资料，得不到希望得到的图片资料，一时觉得没有多少实际收获，自己也就放弃了此行。现在想起来，自己当时的决定是多么的幼稚。其实，有什么能比心灵的到场更贴切，更能记下生命运行的痕迹！

直接享受阿倮欧滨的福荫的，有12个寨子，近2000户人家，数千口人。但祭祀这天能到阿倮欧滨神林里的，为数极少。平时，大家去买猪肉，都嫌骨多肉少。今天，做牺牲的一头三四百斤的架子猪，大家都嫌肉多骨少，巴不得这么不是一头大象，有大把的骨架。尽管负责人看得再紧，但那些猪骨，总是你一块、我一片地，被不同寨子来的人们悄然私藏，据为己有。

这些骨头，就是每年阿俣欧滨祭献后被众人争相求取的"阿俣欧滨尚约"，即汉译的"龙骨"。

这是一场当地少有的民间大祭，也是哈尼族地区少有的一次集体大祭！

我是幸运的。那些年在绿春，每年的大祭后，我基本上都能获得一块指甲般大小的圣骨。我得到的圣骨，有时是大爹拿回来的。大爹每年都随村里的队伍到祭祀现场，大小会拿块回来。有时大爹没拿到，父亲就到村里的咪谷和村长家去要。父亲是从单位上退休后回村的，虽然在单位上干了三四十年，却一点没改变一个传统的哈尼男人的本性，成天和村里的大人小孩混在一起，为村里的大事小事操劳，像一个地地道道从没离开过村庄的农民一样，在村里很有威信。但不知何故，父亲从来不亲自去阿俣欧滨的祭祀现场，不过凭自己在村子里的威信，往往能从村里的咪谷或村长那里，要得到他要给我们的那几块圣骨。

父亲知道，他的几个儿女都在外工作，平时，不时要四处跑动，需要带阿倮欧滨的神骨在身上，才能受到阿倮欧滨神灵的护佑而平安无事。

每次，手捧着这块小小的骨头，我能感觉到她带给我心地的踏实和温暖，能感受到灵魂的宁静与纯净，也能感受到来自冥冥之中的告诫与约束，使我更能严于律己，更加懂得时时刻刻感恩生活，热爱自然，敬畏生命。

现在，虽然远离了绿春，远离了故乡。但每次打开皮夹，见到里面的圣骨，我的心就会回到绿春，回到阿倮欧滨，回到族人的中间，回到哈尼母亲的怀抱。我知道，我是阿倮欧滨的子孙。我知道，无论我身在何处，我的面前，永远是一片田水盈荡的峦峦梯田；我的身后，永远是一片溪水长流的茫茫林海。有林有水，故乡的日子就不会枯萎；有林有水，哈尼山地的生活就会常青。

最好的圣骨，应该是像腿骨这些坚硬部位的骨头，这些轻易不会腐烂，也不怕水，不怕潮湿，好保存。

因为不易得到，每个家庭，一块不大的骨头拿回来后，往往要砍成好几小块，也便家里的兄弟姐妹们都有一份。得到阿倮欧滨的圣骨后，我们小心翼翼地用尖锐的匕首或锥子把骨头从中间钻个洞，然后穿在钥匙扣上，长年挂在屁股后面。钥匙是每个人每天必须携带的物品，容不得忽视，这样，带上自己的钥匙，也就带上了自己的吉祥物了。另外，把猪骨头穿在钥匙扣上，让大家看见，多少有点炫耀的意思在里面。绿春作为典型的哈尼山乡，哈尼人最后的家园，拂动着一股浓浓的哈尼民族情感，而这股情感，更多是滚烫地集合在县城所在地的阿倮山梁上，体现在这条龙脊上世居的十余个哈尼族村庄。只有这些村庄里的哈尼人，才有资格自称是阿倮欧滨的子孙，宠享阿倮欧滨神灵的直接庇护，这在当地，是一件值得炫耀和自豪的事。

把猪骨穿在钥匙扣上，确实方便了，但也容易磨损、破裂，稍不注意哪天就悄然脱落了，那是件十分沮丧的事。这不是钱所能买到的东西，更不是随便能得到的东西，它已经黏附了自己心灵的一种寄托和依赖，包括一些神秘的臆想，不小心弄丢了，心里会老大不痛快，甚至于不安和恐慌。

既可经常随身携带，又可预防丢失的最好方法，是把圣骨缝在自己常穿的外衣的衣角里。这是阿倮欧滨的子孙们携带阿倮欧滨圣骨最常用的一种方法。近十年前，我一直生活在绿春，每年都可得到阿倮欧滨的圣骨，每次都把它缝在衣角处，我常穿的几件外衣，都藏匿着骨头，特别是出远门时需要带的外衣，还不止一块呢。所以，哪天如果需要出远门，不管需要不需要，我都会选一件衣角里带有阿倮欧滨圣骨的外衣一同远行，那样，自以为有阿倮欧滨的神灵一路陪伴着自己，一座清泉长流、林木满坡的大山，一直在自己的心目中同行。这样，对尘途的平安，我的心里会更踏实。

去年春天，阿倮欧滨祭祀后不久，家里有人出来蒙自，给我们带出来一些圣骨，都是处理好的，每块骨头都用毛线缝了个很贴合的小套子，小小的骨头严密地装在里面，十分安全。套子上还编了条小挂线，仍然是穿在钥匙扣里吊挂。当然，穿上这件"毛衣"，这件神物就艺术多了，也更有神秘性，不知道的人，还真的不明白这是什么呢。

而现在，我直接把神骨搁进自己的钱夹子里，和自己贵重的一些磁卡放在一起，这样，不但省事，而且，出门从不担心会离了身。它每天随我出出进进，乃至走南闯北，让我一直铭记着自己是阿倮欧滨的儿孙，一生宠享着阿倮欧滨神灵的护佑。与山神、树神、水神同在，与大自然同在。

一块普通的猪骨头，进了一趟神林出来，就成了圣骨，其实，事情远非如此简单。

我知道，家乡的父老乡亲对这块猪骨头的喜爱和敬畏，其情不是出于对骨头本身，而是来自树，被自己顶礼膜拜的树——神树！源自对养育神树的阿倮欧滨神山浸透骨髓般的崇拜、敬畏与热爱！一个山地民族，把树当作与自己休戚相关的神，这是对生命最伟大的认知和敬重。而能把这种认知和敬重年如一年地祖祖辈辈传承下来，根深蒂固地和民族的命运紧密相连在一起，供奉到生命最高的祭台上，这该是一种怎样的卑微与虔诚的心态！面对万事万物，面对这个博大的大千世界，面对自己设身处地的大自然，这样的人生态度，哈尼族愿意做到，也能够做到。

阿倮那安：远离灾难的乐土

上　篇

咪马麻煞阿倮那安——大地上没有灾难的乐土阿倮休息的好地方。

只要在多娘绿春的哈尼村寨说出"阿倮那"的寨名，普通中老年人都能随口吟出上面这句俗语，与之相对应的下句是：处安咪沙倮果独红。那是与阿倮那只一步之遥的一个好去处，大箐边一个向阳的洼地，这样的地方，往往是被农人看好的。那里也有一个寨子，就是今天的那倮果村。那倮果完整的村名应该是那安倮果，意指阿倮那安村侧边的箐沟。

阿倮那全名原本为阿倮那安，叫的和听的都容易把"安"字省略，久而久之，就成了习惯。位居滇南边陲绿春县城多娘阿倮梁子中心地带的阿倮那安村，在《绿春县地名志》上是这么注释的："阿倮为一仙女的自称。传说曾有一仙女路过在此休息，并说'这是我休息的地方'，故名。"

以相关史诗和传说为证，这一仙女，就是都玛简收。那时，还没成仙，还是一个逃婚浪迹的村姑。这也许就是她浪迹的最后一站，此后，她走上了阿俣欧滨山，走进了阿俣欧滨的林子，从而演绎了《都玛简收》史诗里《遮天大树》的情节……

其实，包括阿俣欧滨神山在内的整个阿俣梁子名称的来由，皆缘于此。而阿俣那安，既是山梁上最重要的中心地段，再则因为是神仙直接的落脚点，还为这片热土留下了极其温热的祝言，在当地具有举足轻重的地位。

一座山梁，就以阿俣那安为中心，向东西两个方向延伸。

关于阿俣那安村名的由来，其实民间还众说纷纭，其中如下一种与上述《地名志》所言有些相符，并在民间有一定权威的说法。

据说，在阿俣欧滨神奇的遮天大树之后，阿俣梁子上还出现过一棵够数十人合抱的栗树，生长在今阿俣那安村头的山包上。这棵庞大的树木，傲立在稍微凸突的山头上，蓊郁的枝叶撑展出一片清幽的天地，招引和风与鸟啾，筛滤阳光和雨露，把古朴的山寨装扮得像一位娇媚可人的少女，四季枝翠叶碧，风清气爽，赏心悦目。

小巧的阿俣山头，是四面八方往来的交集地，是东西南北交错的十字路口，一条古老的驿道，在山梁上通过，一年四季，南来北往的人，络绎不绝。那时，所有路过阿倮梁子的人，都会在这棵树下休息，调整，养精蓄锐，然后再上路。久而久之，阿倮那安名声远播，大栗树名扬四方，这里成了路人最理想的休整地。

一天，一个号称战神的巨人，率领一队人马一路铁马金戈，杀气腾腾，不知从什么地方直奔阿倮梁子而来。战神的铁蹄一踏上这片土地，远远看见这棵独木成林蔚为壮观的参天大树，一股清爽的和风就扑面而来，顿时眼明心亮，心旷神怡。战神长年南来北往，征战四方，从未被一个地方所迷惑。那一刻，如果说战神被那宜人明丽的景色深深地迷住，还不如说被一棵绝世独立的树木彻底地征服！战神那颗早被残酷的战争包裹上冷酷而坚硬的铁壳子的心，被一枚跳荡着阳光的绿叶轻轻戳破。战神抛下金戈，滚鞍下马，解除盔甲，躺在巍然的栗树下，忘记了战争，抛弃了征服欲，依树而眠，鼾声如雷……

——这里是阿倮休息的地方。

美美地沉沉酣睡几天几夜后醒来的战神如是说。

> 巍然的主干／葱郁的枝叶／鸟儿在枝头嬉啾
>
> 爽风痒痒／轻撩恬静的林荫
>
> 凛凛的蹄声由远而近／长须一撩／所有的喧嚣戛然

而止

　　硝烟令人陌生／战神依栗而眠／鼾声如雷

　　每一棵草木／每一块土石／都黏附了滚烫而宁静的血液……

　　这是本人多年前的散文诗拙作《阿俣那安》(《守望村庄》第17页，云南民族出版社1997年8月版)的开头，描述的就是有关老栗树和战神的一点话题。

　　村里的老人说，这棵树，就是阿俣欧滨山上遮天大树王的兄弟，是阿俣梁子上的又一棵神树。

　　其实，这片山地上的每一棵树，都是树王的兄弟姊妹，是子孙。

　　阿俣欧滨神山，是阿俣山梁的高地，神山上随便飘落一片叶子，都有可能被风吹进山梁上的任何一个村寨，吹进任何一个人家的院子里。当然，活在神话里的遮天大树，把代表它身份的一棵大树栽种在现实的阿俣那安村头，足以说明阿俣那安与阿俣欧滨的密切联系，以及在阿俣山梁上的重要地位。

　　据说，后来，战神不再思恋功名，不再去任何地方，终老在这块令其迷醉的乐土上，终老在一棵四季常青的大树下。临终时，战神留下那只伴随他多年南征北战出生入死的号角沙亏罗扭（海螺号），同时留下遗嘱：

"咪马麻煞阿倮那安。以后战火烧遍整个大地，也不许硝烟味沾染这块土地！如果有一天连这块乐土都遭受战乱，就吹响沙亏罗扭。阿倮（身）死了来不了，胎（音）没有死胎会来；胎死了来不了，拉（魂）没有死拉会来……"

阿倮，有人说指人的躯体，有人说就是战神的名字。那安，即休息的地方。

阿倮那安，即阿倮的休息之地。

又有一说，战神名叫腊哈咀务，是一个十分骁勇剽悍的哈尼汉子。

又有一说，战神名叫考台阿碑，是一位貌美如天仙而又野性十足的哈尼女性。

但不论怎么说，最重要的一点是，一个战绩累累的战神，终因一棵自然的树木，最终以阻止战争、渴望和平的心愿，埋藏了自己，还社会以一个温馨、祥和、宁静的理想归宿。

2011年深冬，我带一位重庆的小说家回绿春参加哈尼长街古宴，特意在阿倮那安村的上寨门前留了几张照片。在我的印象里，村里的寨门都是用竹竿和稻草绳拉起来的，且只有在要过大年大节前"干堵堵"驱邪除祟的时候才立，稻草绳上挂起鸡头、鸡翅膀和狗尾巴等物，拦截不干净的邪祟进入寨子伤害人畜。平时则完全放开，没有任何象征寨门的东西。出去七八年，这高大宽畅坚固厚实气派的钢筋水泥大门不知是什么时候立起来的？这城中村，步伐跟着时代也跟得太紧了。我有点惊奇。但惊奇的不是胞衣的村庄立起了像样、时尚、贴着瓷砖的大门，而是上面的字。大门左右两柱上，分别镶着"阿龙昂南南都""阿远昂南南安"两句话，正梁门头上横书"阿倮那安"四个大字。不知是谁的主意，有了这些字，这道门做得真的不错。门柱上的两行字，相当于一句概括阿倮那安历史的顺口溜。模糊记得小时候听老人们讲过，阿龙、阿远是两兄弟，是他们发现了阿倮那安这块宝地，在此休息并定居下来，这里才开始有了人烟，并繁衍生息，村庄才逐渐壮大，才有了阿龙、阿远的休息之地阿倮那安之寨名。上文中的"昂南南都""昂南南安"，皆指休息之地；而"阿龙"和"南安"，即"阿倮"和"那安"的原音书写。并且，此处的"阿龙"，和前面的"阿倮"，应该也是同音不同字的混写，无疑存在着密切的关联。

或许，战神就名叫阿倮（阿龙）？哈尼族的许多地名，虽然来源于多种，但其中，有一来源于最先的某位先人的名字。绿春山梁名叫阿倮，不知就出自此否？从字面上看，这个和村名的来历最密切。

而最多的一种说法是，留下美言的是经过浪迹天涯，到达多娘阿倮梁子的都玛简收——那位在阿倮梁子东头让其芦苇拐杖长成遮天大树、素有咪达搓昆（人间智人）美誉的哈尼传奇女子。她在阿俣那安被稀奇的大树环抱的那种天然的美丽和宁静所迷住，终于情不自禁地暂时收住那停不下的脚步，在此停顿留宿并赐名。就是这个聪明而神奇的女子，离开阿俣那安后，即走进阿俣欧滨的山林成仙，让阿俣山梁东头原本普通的山地阿俣欧滨，成为一个民族的信仰圣地。

众多说法，这里没必要再究是非。欣慰的是，神树葱茏，战争"走"了，阿俣那安之名如风传遍四面八方。"咪马麻煞阿俣那安"成为一句经典的俗语，从浩瀚深奥的酒歌里提炼出来，充满怀念与向往，被挂在千千万万普普通通的哈尼人的口头上。而一个可以成为众人的休养之地的地方，无疑是一块安乐祥和之地。

有关那只神秘的海螺号沙亏罗扭，多娘哈尼山寨的不少老人，讲得出好多故事，下面简述其中两则。

故事之一：

大约民国初年，因民族纠纷引起民间械斗，多娘地区阿俣梁子一带的村寨组织武装力量外出去攻打某陇羊木（地名，当地某处旧衙门），却因力量悬殊，加之对方的城墙厚实，久攻不下。后来经人提示，派人返回多娘阿俣那安村取来海螺号，在阵前吹响号角。一阵低沉浑厚的"呜——呜——"的长鸣声响起，这下神了，天地动容，炎炎烈日转眼间便变得天昏地暗，黑压压的乌云罩住某陇羊木，顿时，天地间狂风大作，神鬼惊骇，旷野上的荞秆、稻草之类枯枝烂草一把把被吹进城墙高筑、防守严密的某陇羊木内。这突如其来的变化，惊骇得对方人人胆战心寒，魂不附体，早已丧失了战斗力。多娘人趁机而上，轻轻松松一把火便攻破对方城门而凯旋。

故事之二：

20世纪60年代末70年代初期，多娘地区遭到百年不遇的一场大暴雨，连绵不停地下了一个多月，积涝成灾，到处是泥石流、滑坡，山塌田决，满目疮痍。大家看着田地遭殃，庄稼受损，可是只能在心里干着急，出不了门，都说要么是这天通了，要么是寨子里谁造了该天打雷劈的孽事。后来莫批算卦，说是远处来的一群"能丛"（妖魔鬼怪），搬进了多娘阿倮山梁右对面山地的岩龙箐沟里作祟，不撵跑妖怪，将会遭受更大的灾难。

多娘梁子上近10个哈尼寨子统一商定，跟外人说是上山去撵糟蹋苞谷的猴子，数百条汉子提着刀枪，拿着锣鼓，以沙亏罗扭的号声开路，浩浩荡荡开赴岩龙箐沟，敲锣打鼓，鸣枪掷石，呐喊狂叫……说来真怪，上午还下得漏了天般的暴雨，经过那么一折腾，下午老天就放晴亮堂了。

从此，沙亏罗扭的名声和神奇随阿倮那安四个字传得很远。

……

以前，类似的故事，多娘梁子上上了点年纪的哈尼老人都能来上几个。

阿倮欧滨山上的遮天大树谁也没亲眼见过，它在神话里生死。阿倮那安村头的栗树王，一直长到20世纪50年代末期。

1958年，国道晋（宁）思（茅）路挖到绿春县城多娘梁子，公路就从阿倮那安村左侧的土坡上越过。大栗树正好长在土坡上，属于主干线中心，那里山势险峻，地面峡窄、陡峭，线路绕不开，只能破山为路，以大局为重，阿倮人只好忍痛割爱，大树就和半座山一起连根被挖翻了。现实中的遮天大树，就这样被人们自己从自己的视野里清除掉了。现在，阿倮那安村头的球场边上，紧临国防公路居高临下生长着一棵10米多高的栗树，那是20世纪80年代初期补栽的。这栗树一栽即活，并作为阿倮那安曾经的标志与象征，这么多年来，一直在寨子的高地上青翠满枝地葱郁着。当时，县内参加支前民兵队伍的不少青年，出发前几天，除了到阿倮欧滨山上祈祷外，还不分白天黑夜纷纷就近前来，到阿倮那安村的小栗树前叩拜，并随地捡小石子带在身上作护身符。据说，归来时除了一个小伙子跳车不小心扭伤脚踝外，所有人员去多少回多少，一个不伤，一个不缺。

那些年，对门大爹主持祭事，每年新春都祭献一次栗树。

给栗树清理树根周围的杂草，点香上茶，杀一只毛色红艳的大公鸡，用红公鸡的血，把红公鸡最艳丽的颈毛粘在栗树前立起的石头上。那时，我刚参加工作，在偏远的乡下村子里教书，每次回家过年，在母亲的催促下，每年都免不了在年轻的栗树下跪拜一番，恭恭敬敬磕几个头，许份愿，然后在树根前留下几个硬币，或者一些小面值的纸币。那份虔诚、那份祈望自不必说；而一旦走到栗树下，我仿佛就看到长须凛然的战神站在眼前，庇护着自己的子嗣；仿佛看到圣女都玛简收在依树而憩，默默地为后生们祈祷赐福。感觉到一棵满目苍郁的参天大树，一年四季不分昼夜地在阿傈那安的寨名上碧绿，枝枝叶叶用引来的和风和鸟鸣，时时给村庄拂去被时光沾染的尘埃。我更感到了自己与这片土地的紧密，一脉相承的血液，自泥土深处滚滚涌到自己的身上，好烫好烫！

阿傈那安，埋藏我胞衣的祖地。所有的传说和故事都是次要的，唯有血缘和现实实在而可贵。无论你是不是没有灾难的乐土，你都永远与我的名字相连，与我的命运相连，永远高大在我的心坎上！

——咪马麻煞阿傈那安！

一个声音，洪钟般时时悠悠地响彻我的耳际……

下 篇

神仙来过，骑白马或者拄着竹杖。传说寸步不离，紧跟在身后。

并不需要多少人知道，安放家和亲情的村庄。父亲早出晚归，在他年老之前就把老宅翻盖了三次。在那些嫁女娶媳的宴席和年节的酒桌上，热情的酒歌平静地抚摸村庄干净的面庞，

和她清秀的名字。

母性的村庄！被前方带走的仙人越走越远，被原地拉下的光阴越来越老。还有那棵落在故事深处的栗树王，和那些以为老不掉的祝词，坚守在门内。

阿倮那安——这是我一生对你十指连心的呼唤。今天，再一次写到这个名字时，我依然走在追赶传说的路上。

——莫独《阿倮那》

绿春县城所在的这条如龙般的山梁，在当地民间一直叫多娘。据说，因为最初是一个叫多娘的祖先，最先在山梁上建村立寨而得名。之前，多娘的父亲背多，带领着自己的部落，生活在附近的山岭里。多娘成人后，另立山头，看中了

这条长龙般蜿蜒的美丽山梁，就到这里劈山造屋，建村立寨，开辟了一片新的家园。这里亦叫阿倮轰巩，即阿倮山梁——"阿倮"休息过的山梁子，那就是因为阿倮那安村而得名，圣人在此路过并给村庄赐名"阿倮那安"，山梁才由此得名。然后，才有了阿倮那安村附近的那安倮果、阿倮牛洪、阿倮坡头等一系列相关的村寨名。据当地的史家考证，今绿春境内的大部分区域，以多娘阿倮山梁上的大兴镇为中心，在新中国成立前很漫长的一段时间里，由哈尼族的六个土官分片共同治理。缘此，解放初期，新兴的人民政府曾在多娘山梁上设立"六村办事处"，管理地方事务。1958年，在撤除办事处建县时，根据"六村"的名称，结合当地山清水秀、四季如春的环境和气候特征，更名绿春。后来，民间对这里也常叫多娘六村（绿春）。也有人说，是因为这里最初原始的村落只有六个村寨而得名。史料上，针对下六村（今绿春县牛孔乡一带），也把这一片称为上六村。

　　是先有多娘，还是先有阿倮？这个不重要，重要的是，群山怀抱着这个龙形的山脊以"多娘"和"阿倮"双重命名，以民族的先人的名字和传说中圣贤者恩赐的词语命名，并且不但牵连到几个梁上的村寨，甚至紧紧地牵扯到哈尼的民间宗教圣山圣地阿倮欧滨，这都和阿倮那安的村名紧密关联着。

　　阿倮那安，注定是要和神气仙气沾亲带故的村庄。

阿倮那安，注定是这条山梁上举足轻重的寨子。

在神仙到达阿倮那安村寨之前，阿倮那安的村名又叫什么呢？抑或，之前村庄还没有自己的名字，或者有，只是被后者取而代之？抑或，之前这里还不曾有过村庄，村庄只是后人追慕传说，在无数个若干年后踏仙人的后尘而至建立的？因为，听村里的老人讲过，阿倮那安村的历史，大概是280年，这个时间，与神话和传说的年代相去甚远。

这个答案，早就被历史收回到自己的谜题里，没有人再能掏出来。

今年春天，因为一侄女结婚，我重新回到了阿倮那安。

这么多年，虽然面积缩小不少，也无法再打球，但村头的球场一直保留着。那是村里人家办婚宴的场地。平时，归村老年协会管理，当作村里的临时停车场，简单收点管理费，多少贴补老年协会的活动开支。那个早晨，因为落实婚宴场地的卫生情况，我跑到球场，碰到了村里负责守球场的一位叔叔。薄薄的晨曦，像淡红的纱巾一样，披挂在高处的楼角和枝头。我们在栗树下聊天。

"这棵栗树是公的，适当时，得换一棵母的。"他说。

我感到很惊讶，树还分公母？就好奇地询问叔叔怎么分辨树的公母。

"不会开花、结果，就是公的。"

哦，原来这么简单。但这么简单的道理，我到今天才从无意中懂得。

这棵树，我应该是不陌生的。在20世纪80年代初期，它刚被寨人移植到此，那时，还是棵手杆般粗大，三四米高的小树。转眼，近30年过去，它还"站"在这里，它早就长成枝粗叶茂的大树了。只是它的几面，都被房屋挤着，树冠无以再撑开。不难看出，树长得很憋屈，如果它能说话的话，肯定叫喊百回千回了。

在阿倮那安的名字里，永远挺立着一棵巨树——神奇的栗树王。但以栗树王的名义栽种在现实中的这棵栗树，现在却被残酷的现实挤压在逼仄的角落里。

路这头的寨场边，还长着一棵树，那是村里的咪松阿波（土地神树）。

这也是村里特意种植的。树没有伴，看来，在房屋密集的寨子中间，一棵树，孤独地生长在水泥地板上，长得很孤寂，自己都好像会为自己气馁。

不远处，隔着几间房子，就是寨神林。但所谓的"林"，早已退回到大家的内心里，眼前看得见的，就三五棵树而已，与哈尼族那种传统的寨神林的气势，已经相去甚远。

如此，在阿倮那安的村头，就有三处神树。但每一处，都被现实威逼着，被日益富丽的楼宇挤压着，别说是那些神树,人在一旁看着,也像心口压着一块巨石一般,喘气都很吃力。

在我少年时代,也就是30多年前,村头的这块球场就有了。那时,球场与村子间,还是些坟地,是周围几个人家栽小菜的自留地。公路这边,公路到球场,是一堵几乎直立的约30米高的山墙,这就是以前栗树王生长的大概位置,是当年挖晋思公路后留下的,后来长满了松树和解放草等杂草,场边,长着几棵高大的椿树、攀枝花树等。公路上,则一律的桉树,很规范,都长得又粗又高,有的还高过球场的平面。课余,我们三五成群,经常在球场上打球。稍不小心,球老是打到场外,滚到下面去。好些时候,冲出草坡,溜过公路,再继续滚到下面的那傈果杜红的箐沟底下去。那下面,又是一大片树林、竹林、草丛等,还是些死角。再下去才是苞谷地。球一旦掉下去,就有人拽着草枝,从草坡上滑下去找球。如果球是顺着下地的路滚下去的,那还好找;如果冲进草丛间,就不是那么容易找得到了。好些时候,找球的时间,比打球的时间长多了。但大家乐此不疲。那时,很少打到大球,球都是些小的,是小孩子玩的那种彩色球。我们曾丢失过一只排球,难过了好久好久。那时,大爹跟外界的关系很密切,他是阿倮那安村生产队的副队长兼石灰窑负责人,平时,除了完成队里的生产任务外,他还负责村里的外交工作。有一次，他不知从哪个单位要得了一只排球，我们像得到宝贝一样，每天放学后，几个堂兄堂弟天天拿到村里的球场上当足球去踢。有一回踢到公路下面去了，从此，再也没找回来……

仿佛只是转眼间，公路上下，那些以前长满荒草，只有小孩子才敢乱闯的陡坡，一块一块地，被人千方百计地挖掘、下柱，立起了房屋。有些根本无法想象的地方，拐弯抹角，照样被人盖成房子。阿倮那安村所属的这些以前寨人不敢动心，或者根本就懒得动心的荒芜、杂乱的边缘地带，传统观念里认为不安全，甚至不干净、肮脏、邪恶的地方，被那些有钱的外人看中、购买、建房，做成出售各种物品的形形色色的商店、旅馆，几乎成了坐享其成的宝地。在这样的时代，好像有了钱，多窄多小的地，都可以盖上房子。现在，以前的坡地，已经没有一块可以下脚的空地了，就留下神性的栗树王立足的那点方寸之地。而无须怀疑，左邻右舍动土挖方时，肯定动伤过栗树王的根须，如果不是"神"在头上罩着，这棵树王，恐怕也早就从人们的视野里被清除，被不知什么样的房屋取而代之了。

除了竹子以及李子、桃子、梨这些果树外，万年青、攀枝花、老椿树、油子林这些，是哈尼老寨特有的树木，阿倮那安村也不例外，小时候，它们零散地分布在村庄的四周。而球场前面拐弯而去的村道上，直到20世纪80年代初期，还长着一棵够两个大人合抱的攀枝花树，旁边是几棵矮小的油子树。高大的攀枝花树没有人能爬得上去。每年春天，它向四空撑开的庞大的树冠上，就会结满或开苞或含苞的花朵。开的，一朵一个火红，有时，风一吹，就旋转着悠悠地飘落下来，引得大家一阵争抢。更多的时候，利用上学和放学路过的时机，我们会拣些称手的棍子，砸攀枝花，总有些收获，带给我们快乐。现在，别说树，连它的位置都早已模糊。只见得到一堵堵的墙壁，像两道高高的石崖，挤挤地耸立着。村道像一条细绳，瘦瘦地夹在楼宇间紧紧地出村而去……

阿波罗马是阿倮那安村最好的一片老祖田，也是阿倮山梁上最好的一片良田。阿波罗马是一句哈尼语，阿波是指爷爷，罗马是指大田，这里意指祖宗的大田，就在村脚下。田丘宽大，田泥肥沃，水源充足。在生产队的年代，一部分，是当作村里栽种糯米的专用田和鱼塘来对待的；一部分，则当作村里做副业搞创收的砖瓦生产基地，那里的土质，是整个山梁上做砖瓦最好的，肥软的红土里几乎不含石料。这两项，在村里，具有其他任何一片田地无可取代的优势。可是，二三十年间，这片良田早就已经面目全非。现在，说阿波罗马，已经不是说一片田，不是说一片地，而是说一座新兴的小村庄，阿倮那安村扩展的一片枝叶。去阿波罗马，已经不是下田下地，而是回家去或者去走亲访友。更小的一代，听到阿波罗马的名字，只有靠想象去猜测，去复原它远去的真貌。

古老的村庄。一切，日新月异；一切，难以预料。

这个早晨，我一会儿望望头顶上的栗树王，一会儿望前面的地神树，一会儿望望楼房间招摇的寨神树的枝叶，心里真的不知是什么滋味。这是个看似与自己的日常生活已经关系不大，但实际上还是有千丝万缕的联系的村庄，是自己衣胞的村庄，血脉的村庄。可以肯定，除了自己的名字，村庄对自己明天的脚步，也感到无以把握。

而这不是传统的灾难，不是战争带来的恶果，是浮躁的时代急功近利闯下的祸根。

而这种严峻的现实，并非阿倮那安村正在面临。

现在，无法想象，遮天大树之前，天下的生态环境状况是何样？而时下，似乎达到了需要重新出现新的遮天大树的渴望，以改变当下残酷的生态现实。

如今，除位居县城中段的阿倮那安、那安倮果、牛洪、上寨、小心寨外，大寨、俄批轰巩、西哈腊侬等村寨，都相继沦为城中村，许多自己民族所具有的独特的文化符号，正在一件一件、一点一点地被磨掉。

最明显的，首先就是树木在寨子里的大踏步退出；其次，是大片大片梯田的消失。村头没有蓊郁的树林，村脚没有层

山寨前的攀枝花

层的梯田，哈尼山寨就失去了传统的基本面貌。

而接踵而至的变异，许多都是根本性的；还有多少，却是无形的。

就在刚过去的秋天，我就听到来自故乡的一个痛心的消息：村里的多数人家，已经正式放弃过吃新米节了。为什么？因为已经没有稻田耕种，没有地方去取那枚代表节庆代表民族身份的稻穗献给祖先，已经无颜面对先人。

接下来，随着一些生产生活方式的不断改变，一些传统的风情习俗将会继续被迫放弃。

山寨里的每一种风俗，每一种节庆，都是祖传的，都融入了民族千百年来汇积的伦理道德、人生礼仪。没有一种，是为了吃喝玩乐而设置的。

一种习俗的消失，某种程度上标志着一些民族精神和文明的中断和散失。

什么是莫咪（天神）？谁是神？莫咪就是父母，神就是寨子里年迈的老人。这是父亲的话。

这是以前的一次吃新米节上，父亲说给几个向他敬酒的后生听的。当时，我也是第一次听到，有一种震撼心灵的感觉，也有一种震慑内心的触动，更有一种悄然顿悟的清醒。

村庄，因为神的居住，才如此温暖、相爱，充满凝聚力。当一个村庄，只剩下房屋，到了把树都彻底丢失掉，把老祖宗传下来的几千年的风俗习惯都逐一丢失掉时，也就在丢失族性、丢失民族信仰、丢失神的路上越走越远了。

没有神灵居住的村庄，会是多么的可怕！

阿倮那安，神灵恩赐的寨名，我看见，你用自己的寨名，还在坚守着自己的寨子。但好像已经有些力不从心的样子，感觉到了你说不出的疲倦、困惑和疼痛！

多娘梁子：一条酣睡的卧龙

1

你是滇南的崇山峻岭间蛰伏的一条青龙，错落起伏的梦想苦苦孕育一记随时腾飞的春雷。

你是哀牢山向南纵深的一股须发支撑的一柱炊烟，春夏秋冬向历史递送边陲的风声雨声。

你是南疆每一寸土地都长满大山长满丛林长满水田的一个家园，所有的召唤始终是那个不改的温度。

你是南国从一部古老的传说上萌芽的一丫新绿，爱情的赞美诗是这曲歌谣永恒的主题。地地道道一座绿色的春天啊！

2

我祈望用纯洁的诗歌和梦想，丰腴你的笑容。

我祈望用亲昵的期盼和祝愿，雕凿你的步履。

古老的土地，年轻的理想。

苍碧的天空，初展的翅膀。

每一个目标，都是一座插入云天的山头，需要我们脚踏实地从山脚一步一步涂去距离。

每一次收获，都是一场惊心动魄的较量，要求大家呕心沥血从种子一点一点走进果实。

3

多娘绿春，亲亲的名字，早晚被那群与山为伍，以林为家的人咀嚼。

哈尼山乡，土土的称呼，朝夕被那些与水相依，以梯田为路的人叨念。

六个民族一棵树。

哈尼，百分之八十七点几的比例，是你绿色的名片上最肥美的一枚叶。

随便抓一把什么，都可以捏出一串湿淋淋的春天。

无须叩门就可进入的家园哟！

4

阿倮欧滨的传说在大街小巷流淌。

都玛简收的故事在山山岭岭茁壮。

哈尼的年历，取用遮天大树的枝叶书写。

山寨的安乐，系于寨头林子的每滴绿色。

这是一个民族用心灵传唱的一部史诗，委托绿色的旗帜，崇尚自然的初衷在诠释青春的蓝图上升华。

这是一个民族用命运祭起的一座神坛，借用时代的手笔，民族风情的精髓在经济建设的账本里荟萃。

5

六月节的秋千还在飞荡，所以，秋收的手掌还是那么健壮及时地在渴望的庄稼上滚过。

腊月的樱花汤圆还在做，所以，春天的步伐还是那么健康如时地在苏醒的土地上招摇。

就不要说昂玛突（祭寨神节）的号角在寨神林的每片绿叶上跳动。

就不要说干通通（十月年）的鼓乐在寨场的每张笑容上闪烁。

也不要说夏天用山歌解渴。

也不要说冬天用酒歌御寒。

如果因为偏远而被尘封，你正在打开那道放置了太久的门。

如果因为沉睡而被忽视，你正在搓揉那扇惺忪初去的眼帘。

贫穷的伤疤已结痂。

裂口的外套正缝合。

新归的燕声，为你擦去眼角尚未褪尽的冬寒。

开启的春风，帮你插上胸襟走向成熟的责任。

哦，多么令人心跳哟！苏醒的你，居然这么年轻。

这是数年前我对绿春县城阿倮山头抒写的一篇颂歌，标题就叫《绿春》。

绿春县城山头多娘阿倮梁子是一条龙，一条盘踞着的卧龙。它把阿倮欧滨，背在自己的脊梁上；把一座神林，背在自己的脊梁上；把一个山地民族，背在自己的脊梁上。

土地是活的，土地有自己的灵性。在边地绿春，我一直惊异大自然的造化，阿倮山梁的造型就是其一。这是一条东西走向的小山脉，细细窄窄的，由东到西逐渐延伸而下，直线距离长不过10余里。一条不宽的公路，沿山梁的走势，在山脊上蜿蜒盘旋，这就是贯通绿春县城阿倮山梁的唯一一条公路。几个世居的哈尼山寨，就先先后后或紧邻或相隔地分布在公路两侧的上下坡地上。

顺着山梁由东向西的走向，有两条河流紧紧护卫着多娘阿倮梁子。大山里事多，名堂亦多，每条河走上不长一段就有个新名。到绿春县城区域山脚下后，左边河流的主河段叫处安河，沿着下流又分别叫松东河、背多河、广玛河、倮别河等；右边河流的上段为倮摸倮伴，此时其实尚未成河，再往下淌成多利河，多利河流了一截，与从侧面潘江东山插下来的一条支流汇合后，得名德昂河继续下行几里，又名规洞河。德昂河因为从阿倮山头见得到，成为绿春城区多娘的母亲河。左右两条河相互包抄在一号桥汇合，把阿倮山梁彻底地框在怀中，并从这里离开绿春城郊，往西一去不复还……

历史上，这里绝对是个十分封闭、与世隔绝的地方，重重大山，把这条小小的龙山层层包在内里，里面的人很难出去，外面的人也很少进得来，是一片山地民族哈尼人独立生活的小天地。为数不多的哈尼人，以不多的几个小村落为单位，村脚开垦梯田栽种水稻，山上开挖台地种植苞谷、荞麦、瓜果、茶叶，一年一收，过着闭塞、清贫而自足自乐的小日子。就是后来通了公路，在很长的一段时间内，它也只是一条在崇山峻岭里穿行的一股小藤子，承受的担子，是如此的繁重和艰难，现代文明的冲击力很难畅快地长驱直入。这地方仍然是红河州的死角，封闭的民族王国。对许多人来说，来去仍然那么遥远、不便，除了必须进去办事的人员外，路过，或者没事找事进去"闲逛"的人仍然不多。直到20世纪八九十年代，县城两边寨子以下，除了小面积的旱地，就是大片大片的梯田，不论陡缓，从寨脚一直铺排到山脚底的河边。

小小的边地，以自己的节奏，不急不缓地推着山地的生活前行。

地域的独特性，造就了这方山地的偏僻与独立，也保证了这方山地的纯粹和干净。

在当下，如果说还有一片哈尼人的净土，那就是绿春，那就是绿春县城所在地的多娘阿倮山梁，这条连天地都不忍心叫醒的卧龙。这是一处得天独厚的哈尼故园，这是一处被阿倮欧滨怀抱的安详世界。多年来，绿春一直在"哈尼"这个民族身份上做文章，围绕着"哈尼"这个词语下功夫。近年来，更是注重哈尼本地文化的开发，注重地方民族文化的打造，这是不无道理的。哈尼山乡、哈尼家园、哈尼山城、哈尼高地、哈尼秘境、哈尼圣城、哈尼圣地等，无论如何称呼，她都走不出"哈尼"这两个字，走不出绿春县城山头阿倮梁子，走不出多娘这条龙，走不出山水和密林的阿倮欧滨。

在当今这样的时代，这样的地方，应该是幸运的，也是幸福的。

命中注定，这是哈尼人的世界，一个山地少数民族的世外桃源。

而想象当初，浪迹天涯的都玛简收，到达这方丛林的山冈，走在这条独特的山脊上时，会是什么样的感觉？肯定，她也不会想到，自己不但会在这条山梁上结束茫茫的流浪的尘途，还要在这里成神成仙。更主要的是，从此，她让这方山地，成为后来的哈尼人祖祖辈辈慕往的朝圣地，一颗深深地扎在心间，拔不走也不能拔的钉子。

刚过去的这个春节，我到绿春县城对面的山寨广玛村过年。广玛村小学应该是中国最早的哈尼文教学实践学校，几十年过去，至今仍在推广。估计，这个学校会是目前在世界上仍在进行哈尼文教学的唯一的一所学校了。几年前，因为调研哈尼文在哈尼族地区当下的推广与使用情况，我随哈尼族的几位作家和文化专家亦曾到过这里，前来向学校的老师们了解相关的民族文字教学情况。

这次是第二次重返广玛。

广玛村虽然不在多娘县城梁子上，但亦是直接享用阿倮欧滨神灵庇护的12个哈尼山寨之一。因为该村有两座寨神林，有人也把它当作两个寨子，故参与祭祀阿倮欧滨的寨子，有时会统计成13个，就是缘起广玛。

本来，从县城看这边的山寨，山寨是略高于县城的。现在从山寨这边往县城那边看，县城又略高出山寨了。这是因视角的变异，还是大地的神奇所致？不得而知。

　　这是观赏绿春县城多娘阿倮山梁的一次好机会。我们缓缓爬到村子后山新学校所处的高坡上，放眼过去，可以缓缓地扫视整个绿春县城梁子。由东向西，渐渐低缓延伸的山梁上，到处是高高低低、前后交错的房屋。一条公路，在房屋和树木间隐约穿行，时而，一辆车子像一只甲壳虫，小小的身影不停地在这条"绳索"上面跑动。

　　而山梁的东段，即高高耸立的山峰，就是阿倮欧滨神山了。每天，它如时把太阳送出林子，送上天空，给这片山地送来生命的光明和温暖。同时，它像一道翠绿的屏风，护守着阿倮山梁的东方，照看着整个多娘山梁子的冷暖炎凉。

　　山寨和县城之间，原本是一条极深的峡谷，其实就是处安河的下段。现在，被视野忽略了，除了部分蓊郁青翠的竹子填补了房屋与房屋之间的空白外，这边的房屋和那边的高楼在视角里全部连成了一片，仿佛这个山寨也是城市的一部分。难说，当初女神都玛简收从阿倮梁子上往这边看这座山寨时，也就是这种感觉？日后，广玛山寨也就幸运地被纳进了阿倮欧滨神林护佑的庇荫里。

　　假期的学校一片寂静，所有的门窗都关着，只有操场前的旗杆直挺挺地立着，让人联想开学时国歌高奏、红旗飘扬的情景。清风徐徐，早春凉爽的气息一阵阵从寨子里往高处吹拂，裹挟着丝丝缕缕的糯米香与肉香，叫人依然感觉着浓浓的年味。

这时，一个远方的朋友从她的大城市给我发来了一条新年的祝福短信。龙年的祝词，一句句龙腾虎跃，自然是些与龙千丝万缕相连充满振奋和喜气的词语。我兴奋地立即打电话告诉她，我现在就在一条巨龙的面前。朋友感到很惊讶，问我是怎么回事。我给她简要地讲述了绿春山梁的故事。

绿春县城一带俗名叫多娘，在当地民间，至今仍然沿袭着这种称呼。多娘原本是一位哈尼祖先的名字。在这片山地有人居住之前，附近生活着一位叫背多的首领带领的哈尼族的一个部落，也就是现在的广玛河上游的某处河畔，以此先人为名，那段河流，当地民间至今仍叫背多河。后来，背多的儿子多娘长大成人了，他要开辟自己的新家园，看中了头顶这座大山环抱河流环绕的美丽的山梁，就带领一部分族人前往开山辟地，建家立业，这个处女地才有了人烟，并以先驱者的名义，有了自己俗世的名姓。

这是个地地道道的哈尼族的世居地。解放前，有外地流入的少量外族人，几乎都要更名换姓，改成哈尼族，才能慢慢扎根立足，传宗接代。与多娘的名称同行，这地方还有一个汉名叫"六村"，据说是因为这里世居的哈尼村寨有六个。20世纪50年代初，绿春和平解放，新中国曾在这里设立"六村"办事处，这办事处等同于县级行政机构。1958年正式建县时，国务院根据当地山清水秀、气候宜人的地理环境和气候特点，将"六村"改名为"绿春"，故有了今天的县名。

在绿春，民间也一直有传说，县城所在地的多娘山梁就是一条龙。猜想，这更多的是从山梁的形体而得。实际上，在哈尼人的心目中，龙并不是什么好东西，更不是什么吉祥物。它给人们的心理带来的，更多的是恐慌和惧怕，以及捉摸不透的臆想。但它的神秘性和想象性，它出现时的那种磅礴气势，那种不可阻挡的神威和力量，还是给人们带来空前沸腾的一种振奋，一种精神。没有谁怀疑，这是一座血性的山梁。

绿春县城阿倮山梁东高西低。这条龙，龙头在西头最低处，而龙尾在东头阿倮欧滨山上。西头最低处就是环抱绿春县城山梁的德昂河与处安河的交汇处，晋思路从绿春县城西去通过的第一座桥——一号桥。据说，这条巨龙正在埋头饮水——而一条龙正在埋头饮水，它说明了什么呢？它正在蓄势待发啊！当它喝饱水，养足力气，昂起龙头来的时候，这个山梁将会有怎样惊天动地的气势？而龙尾所处的阿倮欧滨，正是县城山梁上所有哈尼寨子统一大祭的神址。但在我的认识和想象里，龙头应该在东方，在太阳升起的阿倮欧滨山上。

阿倮梁子的每一丝举动，都牵扯着阿倮欧滨的神经。

传说告诉我，第一个看中并迁居阿倮轰巩（梁子）的先人是先祖背多的儿子多娘，据说这就是民间称呼绿春县城山梁一带为多娘的来历。

祖传的酒歌告诉我，多娘阿倮梁子这座龙形的小山脊，是仙人垂爱的宝地。栗树王的子孙，至今依然在阿倮村头葱茏；"咪玛麻煞阿倮那安"（大意为无灾无难的安乐之地）的祝词，还暖暖地在奔腾的酒歌里流淌。

聪明的祖先啊！谁拄着神话的拐杖，在一个怎样的雨天，把第一粒苞谷籽种进仙人的脚窝里？一方谷物丰沛的山地，就被那株破土的苞谷苗打开，宛若打开那个雨后的春天，见到一串农事的村庄，见到多娘最初的六村。

——阿倮那安、牛洪、那安倮果、阿倮坡头、大寨、西哈腊依！或者婚姻，或者血缘，村村寨寨，经纬交织。我从村庄走进村庄，走了半生，依然走在你的一个眼神里。

——莫独《多娘六村》

九曲十折的山村公路

阿倮那安、牛洪、那安倮果、阿倮坡头、大寨、西哈腊依六个村庄，就是绿春县城山头哈尼先人多娘之后在这块山梁上发展起来的纯哈尼山寨，都是沐浴阿倮欧滨的雨露而传延至今的古老村落，大约也就是前面所言的"六村"的原型。我所出生的衣胞之地阿倮那安村，就建在这条"卧龙"的正腰上，20年前，尚属绿春县城的郊区，而现在，早就变成城中村了。城市建设不断往龙头龙尾两边延伸，如今的城市区域，虽仍然以一条主道为街，但远远不止早年所说的"抽一支烟工夫"就可以走完的长度了。这是一块风水宝地。阿倮那安，是神赐的村名。据说，古时候有个云游的神仙路过这个地方，被这里宜人的气息和独特的环境所吸引，就落脚休息，酣然大睡。几天后醒来，神仙留下话，说这是阿倮（指身体）休息过的地方，从今以后，任何战争还是灾难都不许侵扰这里。从此，这里就得了阿倮那安的村名，即我（身体）的休息地；而这座山梁，除了多娘外，又有了阿倮轰巩（山梁子）的名称。这个云游的神仙，有的故事里讲的是一位战神，并有男战神、女战神之分；有的故事说的就是阿倮欧滨的主角都玛简收。

因为有了阿倮山梁，后来才有了阿倮欧滨的山名——阿倮山梁上的分水岭。

我从来不以为这是一条身处偏僻、闭塞的边地而默默无闻的小龙。这条龙，不是一般的龙，它安宁、沉静、不急不躁，是哈尼族血汗浸养的一条卧龙，是阿倮欧滨莽莽林海滋养的一条神龙。

不需要期待，我坚信，一条盘踞着的卧龙，毕竟是要醒来的，总有一天，它会腾空飞翔，让山外的天地，看到自己遨游苍穹的雄姿。

而它腾飞的基座，是神林莽莽苍苍的阿倮欧滨。

长街宴：一条篾桌的河流

上　篇

长街宴，是可以当作一条河流来看待的，一条篾桌的长河，一条欢腾的河流！

丰盛的食品、灿烂的笑容、欢快的吆喝、舞动的激情、簇拥的人群……汇聚成河流丰富多彩的浪花。

这样的河流，翻开世界民族文明史，也是绝无仅有的。

长街宴，也叫作长龙宴、长龙席、喝街心酒、街心席等，这都是后来需要汉语翻译时，文字工作者根据其外观的形式，为其形象地命名的。在绿春县城多娘梁子一带的哈尼村寨，统一叫"咀扎窝黑堵"，可直译为"出年门寨宴"。有的地方哈尼话叫"京着着""京着办"，大意就是把酒席集中起来，大家欢聚一起，纵情喝酒同庆同乐的意思。由于民族支系的众多和地理位置的差异，哈尼人摆长街宴的时间也各有不同，有些地方在春节后，有的地方在岁末年初的哈尼大年十月年时，或者祭寨神昂玛突期间。但其意图、用意，没有变。

长街宴以一个昂玛寨神林庇护的寨子为单位，这是一个凝聚力量、合拢人心、和谐发展、共同向前的节日活动。

在节日期间，大概在什么日子摆长街宴，寨子里的大人们都略知。但真正要到的时候，办不办，最后要听村子里的民俗领袖咪谷的通知。在正式开摆的前一两天，咪谷会安排村里的山伙头，即协助咪谷专门负责向村民通知村里的民间事务的人，从村头到村尾挨家挨户告知大家。我还在老家阿倮那安的时候，村里的山伙头是一位同门的堂叔，与村里的大人小孩都很亲善的一个人。亲不亲，大伙都叫他阿叔远绿。哈尼人是最忌讳呼叫长者名字的。远绿不是他的本名，是绰号，是附近村寨一个处境不怎么好，自己又不争气，有一餐过一顿随遇而安的人的名字。这位叔叔的生活状态和个性与那人有些相似，村人就以此来称呼他，久而久之，他的真名倒被许多人忘记了。阿叔远绿十分好酒，是我家的常客，有事没事，常常会摸进家来喝上几杯。他喝酒有个特点：干喝，不吃菜，也不吃饭，拿话下酒。并且，一坐就是半天，所以，寨子里有什么事，家人都会及时知道。

2003年晚春，在我离开衣胞的村庄多娘阿倮那安之前，村子里的每个长街宴，我都要直接参加的。也就是2003年的春天，我在村子里参加了最后一个长街宴。

年近70的父亲，不但仍然是家里的主心骨，也是寨子里的脊梁之一。大凡寨子里哪家有什么好事坏事，不分早晚，父亲总会被请去出谋划策，安排落实大小事务；寨子里的大事小事，像大到出去到政府里要个项目什么的，小到村老年协会置办碗筷，父亲都是积极的参与者。父亲是个凡事赶早不赶晚的人。那天，父亲一边不时往寨子里到处跑动，张罗事务，一边不时安排家人备这备那，家里两点钟就开始做出去参加寨宴的菜了。家里的人大大小小齐上阵，忙碌中不失热闹。我上了一阵班赶回到家时，出年门的菜肴早就准备就绪了。我粗略点了一下数，十多种菜，居然大多是产自梯田里的：净蛋、糯米香肠、糯米干巴、虾巴虫、干蚂蚱、干黄鳝、干泥鳅、腌河鱼、鱼雀、蜂蛹、竹蛆……

以前，一些腥气的、怪异的菜肴，是不允许摆到长街宴上的桌面上来的。现在，除了觉得特别不适合的菜以外，也不管那么多了，用丰富多彩的美食，展现哈尼人家世代的生活，款待来自四面八方的宾客。不过，仍然以干菜为主，方便外送。

5时许，村里响起噼噼啪啪的一阵爆竹声。父亲说，咪谷家已经去了，走！我挎上军用酒壶，小心地抬起摆满了菜肴的篾桌，在前面开路。父亲一手抓起五斤装的塑料酒桶，一手提把箍凳，走在我的后面。家里的几个小辈嘻嘻哈哈地跟在父亲后面。明媚的阳光，铺在狭窄的村巷里。春风徐徐，裹卷着糯米饭的馨香和油炸各种干巴的肉香，从各家各户的门窗，乃至墙缝里飘出来，灌满村子的街街巷巷，一阵阵灌进鼻来，我不禁连续吸了好几次鼻子。

在路上，先后遇到了好几个出年门去的人家，大家相互打着招呼，混杂着同行。一群人穿过寨子，来到秋千场上。早有人家赶在了前面，几十只同样摆满了菜肴的篾桌，从秋千房里接出来，已排起了一个几十米长的桌队。大家从队尾逐一把篾桌排下去。

秋千场开在寨尾翠竹环抱的空地上，这是人畜和谷物往来于田地和村寨间必经的路口。

我清楚地记得记忆中的第一个六月节，那是20世纪80年代的第一个夏天。那天，四棵修长的大苦竹立在刚平好的场地中央，上面吊挂着年轻人们从深山老林里背回来的老藤，做成寨里祈祷丰收的秋歌的秋千。场地的一角，用竹瓦、竹竿盖了间小巧玲珑的小竹房，那就是秋千房，是秋神歇息的房屋。秋房盖好了，秋千架好了，山寨的老年人来了，青年人来了，小孩儿们来了，里三围，外三围。咪谷在秋千的踏板上献上一块祭肉，献上一点饭，再在上面搭了一枝刺条，祷告几声，出力把秋千推出去，让其自行荡上几个来回，然后，请出寨子里一位德高望重、已有一些年寿的老者，开了第一荡。

这是哈尼老祖宗传下来的传统节日，过去村子里也过六月节，也要杀猪或杀牛，祭秋神，祭祖宗，架秋千祈望秋收。但不知什么时候起中断了。这次是重新恢复的，难怪整个村子都沸腾了。

秋千一放开，大家便争相奔向秋千，尤其是那些年轻人更为热烈。一对青年男女抢得了秋千，双双面对面站在秋千踏板上，三下两下几个来回，就把自己高高送到弯弯低垂的竹梢头边。"哦嗬"的喝彩声此起彼伏，绵绵不断，以给打秋人鼓劲的方式，叩开了山寨崭新的一页……

年轻的人们，更在这里寻觅爱的踪影，放飞情的心声。

一切都是那样的古朴而新鲜，那些有了一把年纪的叔伯们在一旁相互感叹，消失了多年的秋千又回来了！整整30年过去，往昔的事历历在目。而今，竹支的秋架已被粗壮笔直的水泥柱所代替；坚韧的钢索已换下了往昔的老青藤；那竹柱、竹梁、竹瓦的简易秋房，做成了水泥柱子，打上了混凝土屋顶和地板，干干净净，清清爽爽。

次年的春天，出年门的寨宴，也如时摆到了秋千场上。从此，一样样的习俗，随时光的脚步，又回到了山寨的日常生活中。我们才知道，原来，哈尼人的风情民俗、节庆习俗是如此的丰富多彩，几乎月月不断。

秋千场上的人越来越多，顽皮的小娃娃们不时在人群中点鸣爆竹，喜悦中弄得人胆战心惊。近两百户的村寨，基本上每户人家都来了。以秋房为中心，箴桌向两旁延伸，一排排不下，又排出了一排，两头不见尾。一只只小巧玲珑的箴桌，顺村路的走向组合成一条长龙，壮观而别致。而每家的男主人，清闲地端坐在自家的箴桌前，相互间聊着各家备耕的情况，等待小辈们前来敬酒。

"儿孙们，可以来敬酒啦！"听从咪谷的指示，咪谷的助手替咪谷发布了敬酒的号令。

今天的第一杯酒是要敬给咪谷的。年轻人们挎着酒壶，捧着酒杯，相继涌向秋千房。

秋千房里摆着三只箴桌，分别是大咪谷和两个小咪谷的桌席。德高望重的主咪谷端坐中席，两位助手分守左右席，他们一一品味着敬到眼前来的酒，然后各自送给小辈们祝福。

终于轮到我给咪谷敬酒了，我恭恭敬敬地把酒杯捧到他的眼前："阿叔，请喝酒！"

"哦，然里嘎！你是吃哈尼母亲的奶水长大的，到了天涯海角，都要记住梯田是自己的根，是哈尼的根。"大家知道我不久就要离开寨子，离开绿春，要到红河北岸真正汉人的地方生活了，告诫我。我连连点头，然后退下，再按照筵桌的顺序，一一给各位长辈敬酒。长辈们又纷纷祝福我。

一轮酒后，有人敬烟，有人敬茶，场面上人来人往，熙熙攘攘，但热闹而有序。

这是一场真正的喝百家酒的宴席，宠享一个寨神护佑的寨子人家，你中有我，我中有你，大家你依我靠，血流在一起，劲使在一处，一起向前走。这是一场集体祈福的聚会，一寨子人以寨神林为向心力，团结、和睦、相亲相爱。

每家的男主人守在自家筵桌的正端，身前的桌子上搁着一只大碗。有后生来敬酒，长者接过酒杯，有话则长，无话则短，送上一份祝福，然后，凭自己的能力喝上一口，再把剩余的酒倒进自己面前的大土碗里，把酒杯还给后生。自家的酒壳倒空了，又把大碗里的酒倒进去，去敬献给还没敬过的长者……如此轮回，近两百户人家的酒，相互交错、混杂，无形中又汇流成了一条酒水和情感的暗流。

鞭炮声一直在一旁爆响。一家连一家，一串接一串，噼里啪啦，火花飞溅，也在扯出一条火花的长河。山寨在沸腾，大地在震动，笑声在荡漾……鞭炮声是告诉其他的村寨，阿俫山寨出年门了。种子已经在楼上的仓库里叫了，锄头和蓑衣、筵帽已经等在门旁，大年几天吃喝玩乐的桌席要暂时收起来了，劳动的门户要重新打开了……

村子里的每一个节日，都与劳动相关，每一个习俗，都与生产相连。

这是寨神林下一场村味十足的盛宴。寨神林高高在寨子的头上，见证着一个寨子的安宁、和睦、兴盛和繁荣。

小辈们开始入席。老老少少，男男女女，一个个笑逐颜开，围桌共餐，其乐融融。各种梯田里采集的菜肴满满地挤在一张张篾桌上。一生以劳动为荣的哈尼人，在辛苦的缝隙，以亲情为基座，用物质和精神的双重快乐犒劳自己。

咪谷拖我到他的酒席上去坐。盛情难却，我钻进了秋千房里，享受了寨宴的最高待遇。

"然里，这是祖宗留下的规矩。祖宗的规矩，总是有道理的。"咪谷给我撬了一条香喷喷的稻田鱼。

"是啦是啦！"我高兴地应答。

"檐下的燕子一天比一天叫得早了，地下的草尖一根追一根冒出头来，连石头也唱起了情歌，再也没有睡得着的一颗心了。不干不得吃，哈尼人挣断腰杆苦活计的日子到啰！"

"是啰是啰！"我又应答。

这时，有几对今年新婚的年轻夫妇提着保温壶和口缸，相约着前来敬茶水。他们的婚礼，都是在寨场上办的，我都参加过。这些男青年，都是村里的好后生。他们有的搞种植，有的搞运输，有的搞建筑，有的搞经销，五花八门，一个比

磨秋与秋房

一个强，一个比一个搞得红火。今天的村庄，再也不是单一的传统农业生产一项了。

"大爹，这是我们自己做的糯米香茶，请您品品！"前面的一位新娘子双手捧着茶缸，笑吟吟地对咪谷说。

"好好，阿生，你们上半年办了喜事，下半年努力生个犁田的胖小子啊！"咪谷一边喝着香喷喷的糯米香茶，一边给一对新人祝福，说得新媳妇又娇羞又喜悦满脸通红，一旁的新郎乐呵呵地咧嘴傻笑。

我知道，这是一对搞茶叶兼收兼卖的小夫妻，他们的茶叶店就开在村口的公路边上，以经营绿春有名的玛玉茶为主，声誉不错，生意兴隆。

一对新人敬过后离开，接着又上来一对新人。

阿波咪谷乐此不疲，总能根据新人的身份，送予其恰如其分的祝福。这又让我一次次惊异于咪谷的智慧，惊诧于哈尼祝词的丰富。

西边的太阳早沉下去了，淡淡的夜幕悄悄地披在了轻拂的竹林上。在热烈欢快的就餐的氛围里，爆竹声也不知什么时候悄然退落了。林子下，光线渐渐暗了，年轻人们在场地的中央燃起了篝火，视觉又明朗起来，一张张欢欣鼓舞的脸映得通红。

歌声飞了起来——

嘤呜——
拿酒杯的手
握紧锄把的日子到了
跳乐作的脚
走进梯田的季节来了
……

这是咪谷的酒歌。酒歌关上了一扇门，又打开了一扇门。过了今天，好吃好喝的酒桌就要暂时收起来了；过了今夜，好唱好跳的乐作就要暂时告一个段落了。劳动已经来到门口，犁耙锄头已等在檐下。用不灭的火塘打开黎明，扑面而来的，是一场劳作崭新的锄声。

下　篇

这是阿倮欧滨山上最庞大的一次盛典！

2004年11月22日，对于边陲小县城绿春来说，绝对是个特殊的日子。

橘红的晨曦，像一帘帘透明的纱巾，丝丝缕缕地披散在多娘阿倮梁子盘龙般蜿蜒起伏的脊背上。圆圆的太阳钻出山梁东头阿倮欧滨茂密的山林，红彤彤地挂在空中，暖暖地注视着山山水水，仿佛在无言地告诉山地的人们，这个普通又特殊的日子是清明而灿烂的。

多少期盼的眼睛，随明亮的黎明一起，欢快地把这个日子打开；多少期待的心，随瑰丽的霞光一道，喜悦地把这方天地叫醒。

整个县城阿倮梁子山头，被一种前所未有的喜庆气氛所包围。

受到当地政府的邀请，几天前，我就提前回到了绿春，回到了绿春县城山头的阿倮那安家里。

这天清晨，一听到寨外喧天的锣鼓声，我就郑重地包上包头巾。这是一块两头镶绣了鲜艳的民族图案的黑色头帕，长这么大，我才第一次拥有这么漂亮的哈尼头帕，是家人为这次全县性的哈尼长街古宴特意给我准备的。

热烈欢快的音乐把我叫到了街头。

狭长的街道上，人山人海，完全是起舞的人群。一支支小型的舞蹈方块队，有的几十人，有的上百人，组合成这支庞杂的大型演出队伍。每个方块队，以服装为区分。或缤纷，或绚烂，有多少支队伍，就有多少种服装，甚至更多。在嘈杂交错的音乐声中，每个方块队，各自跳着自己的舞蹈。这数十支同时起跳的舞蹈的长龙，初看似有些杂乱，细瞧却井然有序，让人看得眼花缭乱，目不暇接。

从县城西段的文化广场出发，舞蹈方块队边跳边前行，前往东头的阿倮欧滨民族风情园。

无数的相机，闪光灯不停地闪烁。但任凭你有三头六臂，此时也一个个只能哀叹自己缺乏分身术，应接不暇。

人行道两边，也是人流如织，每个人都在追逐着舞蹈队，簇拥着舞蹈队亦步亦趋地前行。

这是一个由全县所属八乡一镇、县级机关单位职工，以及县城所在地大兴镇所属的多个村委会、村庄组织的多支文艺队伍组成的演出方队，他们正在为下午的宴席做热身宣传，展示绿春多民族的丰富歌舞、民风习俗。当然，主要以哈尼族多支系传统的民族舞蹈为主，另外包括了彝、瑶、傣、拉祜等绿春世居的几个少数民族的舞蹈为辅。

排成长排的鸣火枪在街市的空地上爆响；一长串长号在赤裸着臂膀的汉子肩头吼叫；大大小小不同型号的锣和鼓起劲地鼓动着男女老少跳起乐作；往日只来往于田间地头的犁和耙，组成别样的队伍，走上了街头；那些从不出寨门的筛子、簸箕排得齐整整的，在大街上挥舞粮食的芬芳；棕叶拍起了掌；竹筒跺着脚；竹响、叶笛、巴乌、葫芦笙等乐器互不谦让……

这是一条舞蹈的长龙，这是一条歌舞的河流。

这是一次民族服饰的汇合，这是一次民风民俗的交错。

这是一次日常劳动与日常生活的集中体现。

连边地绿春也被自己的艳丽惊呆了，好像现在才突然发现，原来自己是可以这么惊艳一样，一瞬间，用歌舞的潮流劈头盖脸地把自己彻底淹没。

这天，正是绿春县城多娘阿倮梁子山头第一次举办全县性的哈尼长街古宴开席的日子。像哈尼十二寨集体统一祭献阿倮欧滨一样，多娘阿倮山梁的哈尼人，又一次让世人见识了哈尼人独具的集体风采。

1996年，云南省率先在全国提出建设民族文化大省的口号。

作为云南所属的一个边疆民族地区，全国哈尼语文的标准语音所在地，素有"哈尼山乡"的美名，哈尼族人口占全县总人口比例的88.2％以上的绿春，新世纪伊始，便也结合自身实际，提出了建设"哈尼文化特色县"的口号。从《都玛简收》等民族史诗的挖掘，到部分单位名、地名等名称用汉、哈尼双语文字标识；从把哈尼族族花樱花定为县花及樱花大道的打造，到多娘民族风情园的创建；从一系列哈尼习俗的探究，到后来哈尼民俗博物馆的筹建；等等，紧紧围绕阿倮欧滨综合文化，着力寻求和开掘能真正负载起哈尼民族文化的体魄和魂灵的载体。

经过短暂的探索与实践，2004年4月26日，十一届县人民政府第十次常委会议研究决定，于当年11月18日，在县城举行盛大的哈尼"十月年"庆典活动，而庆典活动的重头戏，是在绿春县城的街头摆放千桌长街宴。

绿春县城就一条街道，像一条长龙，蜿蜒盘旋在狭窄起伏的阿倮山梁上。用哈尼人传统的眼光来看，再没有比这更适合摆长街宴的地方了。这时，大家好像才突然发现，多娘阿倮梁子龙形的山脊，原来就是为哈尼人的长街宴而生的。或者说，哈尼先祖多娘当初选中了这片宝地，有可能就是在上面好摆长街宴。

应该说，哈尼族是一个注重吃喝、注重口感享受的民族，而吃喝的目的，是为了呼朋引伴，联络情感，推动民族更好地向前发展；同时，哈尼族是一个注重记忆、注重历史的民族。哈尼族因为没有自己的文字，对本民族的历史文化的记忆方式是很独特的。除了口耳承传，辈辈传沿外，哈尼族众多的传统的风情习俗，几乎月月不断的节庆活动，就是对民族文化的一种传递和巩固形式，一种记忆方式。

当地政府出面组织把长街古宴摆到了一个县级行政区域所在地的街头，就不单把一个少数民族自己内部的情感扩大化、外向化，更重要的是，把哈尼族自己内部的记忆和意识，扩展成了大众的、多民族的记忆和意识，甚至是世界性的记忆和意识。

2004年，绿春县开展首次哈尼长街古宴活动，确切称呼为"中国·绿春哈尼长街古宴"。总体要求为本着政府指导、群众参与、市场运作的原则，以长街古宴为媒介，融民族文化、民族艺术、民俗旅游、经贸活动于一体。

在绿春县城一带，传统的直接享有阿倮欧滨祭献权的，有12个哈尼山寨。原则上，长街古宴由这12个山寨统一摆放。但因为一些寨子不在阿倮梁子山梁的主段上，不便聚会，所以，实际参与摆长街古宴的寨子，只是其中的一部分。从上而下分别是：洛瓦、阿倮坡头、牛洪、那安倮果、阿倮那安、上寨、小新寨、大寨、西哈腊侬。绿春县城山梁主段上的这9个传统的哈尼族村子，是拼接这条"巨龙"的主体村寨，每家少则一桌，多则数桌。外加城区所属的部分机关、学校、企业单位等。

从细节上，当地政府也做了一些基本的要求。

首先，对菜谱做了规定，譬如数量上要不低于多少种，品种上必须具备什么，该上什么，不该上什么，等等，围绕着哈尼族的传统菜系，讲搭配，讲特色。其次，对篾桌做了统一的定制。哈尼族的篾桌规格不一，有大有小。为了美观，也便于摆放整齐，数千只篾桌，统一做了定制。

因哈尼族支系较多，各自又长期分居在相对封闭、独立的山地里，来往不便，交流受阻，加之，哈尼人记事，没有确切的日期，靠的是年轮和属相，故而，片区与片区之间，支系与支系之间，许多风情习俗的活动，在具体的日子上出现前后的差异。就连过哈尼大年十月年，也是前前后后。同样，哈尼山寨里的长街宴开摆的时间并不尽相同。有的在年末岁首的"十月年"间，有的在祭祀寨神的"昂玛突"期间，有的在春节时。

绿春县城的长街古宴，是安排在哈尼族的大年十月年期间举办的。

农历十月，正值金秋刚刚送走，勤劳的哈尼人，经过付出一年的辛勤汗水，换来了丰硕的果实。此时的哈尼人，一年的劳作有所息落，而新年的劳动还尚未启动，这样的间隙，家家瓜果粮食满仓、户户鸡肥猪壮，正好过过年改善改善生活，杀鸡宰鸭，慰劳一下一年的辛苦劳碌，走亲访友，畅叙友情，互庆互祝，共度佳节。

根据哈尼族历法，哈尼人把每年农历十月作为岁首。在十月的第一个属龙日，统一过大年祭祀祖宗，庆贺秋收佳节，哈尼族叫"干通通"，或叫"扎特特""称腊干通"等，也就是哈尼族传统的大年"十月年"。节日期间有一个重要活动，就是家家户户都把自家一年中的收获，做成各式各样的美味佳肴，用篾桌成排摆放到寨子街心聚会，让全村人品尝，让远方来的客人享用，互敬共享。这是一场哈尼人团结友爱的典范，这就是哈尼族的传统长街宴。

此时，气候已经见凉。平时极难见到的鱼雀，一群一群地不知从什么地方纷纷飞到寨子附近来避寒，在寨子四周的竹棚和油子林里热热闹闹地扑腾、嬉戏、觅食，玩高兴了，甚至跑到人家的屋檐下，甚至闯进屋子里。寨子周围的林子里，以及高坡上，一簇一簇的野樱花也竞相绽放，远远近近地看，在满山遍野黛绿的浓林簇拥下，红红火火的，那么鲜

十月年节庆出祭

艳，那么耀眼。

美丽的野樱花，是哈尼族最鲜明的季节花，也是哈尼族的族花。这个时候，有一个做汤圆的习俗，是专门为迎接樱花的绽放而进行的。

在鱼雀欢快的啼鸣声中和野樱花灿然的笑容里，阿俣欧滨山梁上的哈尼山寨，用丰盛的篾桌编织出美食的长龙，腾飞的长龙，召唤四面八方的亲朋们前来相聚，把盏言欢，畅谈友情，交流劳动，享受生活。

长街宴作为哈尼十月年中的一个习俗，是一个祈福的宴席。席间，人们同饮共唱，敲响锣鼓，跳起乐作；拜祭祖先，叩跪上苍，祈求庇佑；歌唱劳动，渴望丰收，祝福未来。

最具体的就是：感谢粮食，感谢梯田，感谢水，感谢树林，感谢寨神，感谢阿倮欧滨！

祖祖辈辈的哈尼人，没有谁想得到，一个民间的习俗，会有一天，被当地政府当作一种重大的民族文化行为，从村寨的小巷摆到一个县城的中心街道。

这是一次特殊的开掘，别致的创举！

其实，这天的热闹，根本说不清是从哪天就开始了，村寨里，甚至大街小巷、机关、学校，无不争相传递、交谈着相关长街古宴的话题。当然，真正的兴奋，现场的兴奋，还是在这天下午两三点钟后，被阿倮梁子的城区主街道徐徐开启……

阿倮欧滨山脚下，整个主城区，从清晨就禁止车辆通行。车流没有了，但整个街道比往日更拥挤，更热闹。摩肩接踵的人流，像滚滚的河水，在绿春县城狭窄的主道上汹涌地流淌着——这是一条激情的河流，欢快的河流。今天到达绿春县城的人，比往常绿春县城的正常人口翻出了好几倍。就连平时十分清冷，少有人往来的路段，这天都成了"湍急的河流"。

村庄的主人们开始陆陆续续地来到大街上，有人抬着篾桌，有人背着篾箩，有人扛着凳子，有人提着酒壶……好些人家几乎全家出动。大家找到自家的位置，摆起篾桌，摆起哈尼人的热情……

鸡鸭鱼肉自不必说，泥鳅、田螺、虾巴虫、蚂蚱、竹虫、魔芋……不是田里的产物，就是林中的产物，都是哈尼族传统的佳肴，都是哈尼人家地地道道的烹制。一碗碗，满满当当的，挤得篾桌连酒杯都摆不下。

以前，哈尼族传统的长街宴席，能上什么菜，不能上什么菜，都有严格的规定，像狗肉和田里的泥鳅、黄鳝、螺蛳等这些，是严禁上长街宴的桌席上的；一些地方，连鸡肉也禁忌上桌，据说是因为鸡的哈尼语名称，与"纠纷"一词同音，故为避讳所致。现在，随着时代的发展，只要干净、卫生、安全，这些禁忌也相对宽松多了。但仍然不是所有民族的美食都可以上桌。另外，因为禁止猎取野味，梯田里的水产物差不多成了主打菜。

为了方便，县里长街古宴的菜谱，也是以干菜为主。

哈尼人家自产的闷锅酒，土罐还没开封，那醇厚的香气就把那些酒仙酒鬼的魂勾得早已出窍。

循着那香喷喷的菜香味，对着那笑吟吟的面容，来自四面

十月年长街宴

八方的宾客们，先先后后来到自己的桌子前，一一落座。

今天不分生疏，不分远近；不分民族，不分国界；不分男女，不分老少。来的都是亲朋，都是宾客，一切都是亲切的、温馨的、融合的。

几番寒暄，杯来盏往，不知什么时候起，酒桌上早已不分主客。相邻的食客，也不管自己是坐在哪桌，左右开弓。热情的主人，酒不醉人人自醉。

精致的竹杯，一次次被高高举起。

吆喝声从龙头而起，像甩起的龙身，此起彼落，一段一段地传递；有时也像是接力歌赛，一程一程地传递，一浪比一浪高。

千桌一席，万人同饮的酒宴，被憨厚的哈尼人，打开在阿倮欧滨山脚的阿倮梁子上。

现场助餐表演，这又是一道民族文化大餐。一支支纯民间的舞蹈，你方唱罢我登台，去了一支来一支。总有人放下伸出去的筷子，放下端到嘴边的酒杯，起身离席冲向演出的队伍。更有甚者，被卷进演出的阵容里，一番夸张的举手抬脚，甩腰扭胯，引起一阵阵哄笑。而最引人注目的，是那男女老少同台表演的同尼尼，老者六七十，而少者不过七八岁，这种老、中、青、少、童组合的演艺，唯有在这种纯粹的民间的舞台上才能见到，而无论是长者，还是幼者，那一招一式，其表演的协调性、较真劲，令人惊叹。还有一窝还不到10岁的孩童表演的哈尼儿歌儿舞阿迷车，稚朴天真，幼气十足，同样叫人欢喜不已。

人们在大饱口福的同时，古朴丰盛的多娘长街古宴，还给予大家眼福、体福、心福。

现场人工舂糯米粑粑，也是长街古宴的街头一绝。几个人一组，年轻的男子们从家里搬来木凿的舂船、木杵，女人用篾箩背来现蒸的精致糯米，随便选一处篾桌边放下家什。在"咚咚咚咚"快节奏的叩击中，糯米的颗粒立即被舂揉软化，黏成一团。路人和就餐的人群早就围上了，还没等女主人抹上黑芝麻，就你一坨我一团，瞬间热气腾腾分抢一空。给客人送糯米粑粑，是哈尼族最普通亦是最具代表性的礼节。这融合着表演与实际劳作为一体的现场操作，令宴席更加情趣盎然。几个人笑笑，收拾家伙，又到下一站重复自己的工作去了。

多少人，一路走来一路吃（喝）。谁也不知道认识不认识，或者说谁也不管认识不认识，打一声招呼，走到篾桌边，自管拿起筷子，想吃什么吃什么；或者干脆端起酒杯，跟在座的人们碰一下，说声"干"，毫不含糊地一口喝掉。

一张笑脸，一片豪情，从龙头到龙尾，吃（喝）遍长街古宴——这不是传说，这是多娘绿春哈尼长街古宴的现实写照之一，就看你的能耐了。

风，从阿倮欧滨山上吹来，从神林里吹来，凉凉地吹到人们的身上，让陶醉在盛宴里的人们，沐浴到来自神林的清爽，体会着来自神山的轻抚。

这样的日子里，民族服饰是一道极其夺人眼目的靓丽风景。

光一个今天的主体民族哈尼族，就有十多个支系。各个支系之间，不但服装不同，连语言也不同，不知内情的人，还以为是几种不同的民族哩。哈尼族有句俗语："穿的是神话，戴的是传说。"小到花草鱼虫，大到河流星星太阳月亮等等，都汇合到衣饰上。花边、布条的多种色彩组合；金、银、铜、铝等各种金属首饰的相互搭配，乃至一些兽骨、石物的修饰，把一个民族对穿着美的追求，在妇女的身上发挥得淋漓尽致；或者说，把民族的众多历史，一一书写进妇女的衣着间。随着生活脚步的不停向前，在保持哈尼族崇尚黑色、以黑色为服装的主色调的传统追求上，哈尼妇女对着装的变新变异，真的是一日千里。说花团锦簇也好，说璀璨绚烂也罢，我觉得都是些笼统而苍白的词语，面对这些活艳生辉，极具自然性、民族性的服装，我感到词穷言尽，唯有保持惊呆和沉默，从内心里表示赞赏与享受。而今天的美艳绝不仅仅是哈尼族的。彝、瑶、傣、拉祜等绿春的其他世居少数民族自然也不要说，都以长街古宴为显美的舞台，尽展自己的风采。或简或繁，每一个民族，都是"自我"的、唯一的、无可替代的。还有多少外来的鲜亮彩装，花枝招展，今天都成了多娘阿俅欧滨山梁上摇曳的花朵。今天，小到一只耳环，一副手镯，大到一套头帕，一件外衣，每一位女人，都是一枝锦簇的花朵。一群一群的女人，像一簇簇艳丽的浪花，组合起来，就是一片花朵的海洋。乃至背在背上的花背篓，拿在手上的花手绢，今天都成了女人们服饰的一部分，成了一件件修饰女人们的美丽的配饰。而每一件配饰，都不是纯粹的，其所表达的，远远不只带给人们视觉的那种色彩的冲击那么简单，它所讲述的，是一个民族独特的一种文化现象，都有其与众不同的文化背景与相关故事。

这何尝不是另一道视觉大餐！

长街古宴上，也是民族语言的大杂烩。多民族的边地，多民族的语言，今天被一桌酒席统拢。尤其是哈尼语，无论是路上的行人，还是在席间的食者，哈尼语都是交流的主体语言，无愧哈尼山乡、哈尼圣地、哈尼秘境的美誉。自然，其他众多世居民族的语言，还有汉语等，夹杂在其间，好些时候，几个人对话，往往出现几种语言，成为罕见的多语言碰撞的一次大杂烩。另外，平时难得一现的诸多外语，在那些高鼻梁、蓝眼珠、黄头发，乃至黑皮肤间波动，今天也成了长街古宴上语言长河里的一些小支流。

平时掩掩藏藏的哈尼情歌，今天也掀掉羞怯的面纱，在现场直播的广播里对唱个不休。

多少远去的记忆，美好的景象，被一句情歌，或者一声幽长的吆喝声，从一个个沉眠的心海里被瞬间唤醒。

这是阿倮欧滨林海下的一次盛宴！高坡上，阿倮欧滨莽莽的林海，在夕阳的辉映下，静静地见证并祝福着这场怀中的热闹。

今天，绿春县城的主题词是：民族、喜庆、灿烂、美食！

在民族优美而奇异的传统文化上，这是时代复制的一出神奇演说！

因为长街古宴，不同地区，不同种族，不同国度的人们，纷纷相聚在绿春——多娘阿倮欧滨的神山上。

国内的众多媒体，闻风而聚。

这段时期，这里也成了摄影者的天堂。会拍不会拍，游人身上带得最多最普遍的东西，除了手机，恐怕就数相机了。人们一次次把相机的镜头对准了前方，而自己，也不知被多少人收进了镜头。

舞醉、歌醉、酒醉、情醉……

此时此刻，此日此夜，醉的人会很多。当然，更多的是酒不醉人人自醉。

2004、2005、2008、2011这四年，我都返回到故乡参加了盛宴。其中，2005和2008两年，都遭到了大雨，领受了老天无以复加的"热情"。但绿春人比老天更热情，并不因为冷风冷雨而使长街古宴降低一分一毫的热度，从桌头到桌尾，半空中扯起一道道塑料布，扯起情感的另一道风景线。宴席如期开始……那种风雨中万人大餐的豪迈状况，相信便是踏遍世界，亦是绝无仅有的！

2011年，我陪重庆的一位小说家再次返回故乡参加长街古宴。她被绿春哈尼族长街古宴的这种热情和气势，以及独特性所震撼，一整天停不住脚步，从早到晚拍摄了大量的图片资料，并激情澎湃地写下了万余言的作品，发表在外地的多家报刊上。事隔三年后，2014年，我又带蒙自的朋友奔赴绿春长街宴，这次，同样让她们感受到了从未有过的稀奇与兴奋，满足了心底的那份好奇。这些年，我先后数次带重庆、昆明、玉溪、曲靖、蒙自等不同地方的友人回故乡绿春参加长街宴，让各地的友人感受到绿春多娘阿傈欧滨怀抱的哈尼人独特的民情和风俗，感受到这方哈尼人别样的热情与豪迈。

2004年，首届"中国·绿春哈尼长街古宴"，设席2041桌，全长2147米，赴宴人数越万人。上海大世界基尼斯总部亲自派人莅临绿春，现场点测并确证了桌数和长度，为这次长街古宴颁发了"世界上最长的宴席"的大世界基尼斯证书，并评

棕扇舞表演

为年度最佳项目奖，创造了哈尼族自己的世界之最。

之后，2005至2011年的七年间，每年分别设席1800桌、1632桌、1580桌、3050桌、2200桌、1900桌、2620桌。

2012年，"中国·绿春哈尼长街古宴"设席3465桌。绿春人，自己又刷新了自己的历史纪录。之后的几年，也都保持在2000到3000桌上下。

阿倮欧滨耸立，一次次见证了哈尼人这种别样的世界纪录。

从2004年起至2015年，每年一届，绿春共举办了12次长街古宴。作为绿春哈尼族的文化盛典，通过连续几年的成功举办，"中国·绿春哈尼长街古宴"品牌已经形成，在省内乃至全国有了一定的知名度，成为绿春县一张靓丽的名片。

因为长街古宴，让世界重新认识了绿春，认识了哈尼族。当然，因为长街古宴，绿春人也重新认识了自己，认识了绿春，认识了在当地世居的哈尼族。

而这些，被神圣的阿倮欧滨一一见证！

链接

[六月节]

六月节，是哈尼族除十月年、祭寨神节外的三个重大节日之一，因在农历六月份举行而得名。

六月节是一个祈盼丰收的节日。这时，雨水丰沛，阳光充足，梯田里的谷物已经抽穗灌浆，面临着走向金黄丰硕的关键时期，劳动也有了稍微的空隙时间。哈尼人用这短暂的空闲时光，用娱乐的方式，既调整心情，休养体质，也把自己对即将到来的秋收的祈望放飞。

哈尼人对耕牛十分敬重，除了老人的葬礼上以牛殉葬为厚礼外，平时从不宰杀牛。但在六月节，哈尼人要在秋千场上全寨人统一宰杀一头牛，以牛来祭献秋神，祭献稻神，祈求秋天的收获。

六月节还是一个民间体育运动的节日，节日期间，每个村寨都要在村头或村尾的寨场上架秋千、磨秋、转秋，供村人娱乐、比赛。

附录

多娘阿倮欧滨

遮天大树生长的地方

是天下神聚会的地方

人类换了一代又一代

祭祀阿倮欧滨不间断

只要哈尼还有子孙

只要天上还有太阳月亮

祭祀阿倮欧滨就不会断

——《都玛简收》

阿倮欧滨断想

A 都玛简收

1

那个凡间的美人；那个尘世的智者；那个大地的女儿；那个为了寻觅内心的爱情和梦中的婚姻而不惜四处浪迹的圣女。

那个哈尼的姊妹——都玛简收。

走遍传说中的山山岭岭。

走遍故事里的村村寨寨。

这天，挂着一根开着黑色花朵的芦苇拐杖，饥渴交加地来到阿倮欧滨，来到命中注定的一场事件前。

（传说那是春天，那是个春暖花开的季节。）

从此，一个女人成为一部神话的主角，活在史诗和酒歌里。

一股清泉划过那根芦苇秆，从一个春天出发，咕噜咕噜一直流淌到现在。

2

都玛简收，哈尼的姊妹。

原本，你就属于上苍的，尘俗的经历，无非是凡人磨难的一次体验。

你是月亮，你是一盘让大地战栗的月亮。

你刺痛了一个世界的眼，你必须走。

最后痛饮一顿世间的山泉，你走了。

你在一把苦难上把一把苦难留下。

你在一串经历上把一串经历留下。

你把一个无日无月见地不见天的残局留下。

你把遮天大树留下。

你在转身离去的拂手之瞬，已把一个原本平平常常的坡地插进族人的命脉里；已把一个原本普普通通的地名种进族人的足迹里……

3

都玛简收，哈尼的姊妹。

沦落风尘的命；高高在上的神。

你的每一举一动，都牵动着尘世种种的酸楚。

每一回苦难里，都蕴藏了深沉的启迪和指引。

每一次悲痛中，都孕育着浓重的追求和向往。

你为一棵树木而生。

你为阿倮欧滨而生。

你让一个崇尚树林的民族，又多了一块祭拜的山地。

你使一个尊崇先人的民族，又多了一座祭祖的神坛。

4

都玛简收，哈尼的姊妹。

一个山寨，曾经收留你平静的鼾声。

为此，一个山寨，曾经获得你恩赐的圣名——阿倮那安。

阿倮那安，我胞衣的家园。

硝烟也会融化掉的乐土。

"沙亏罗扭"成了寨老的宝物，时时枕在隔壁大爹的枕头旁。

"咪玛麻煞阿倮那安"的祝词，像小鸟的翅膀在九村八寨飞翔。

都玛简收，哈尼的姊妹。

我是沐浴着你的鼾声长大的兄弟。

多少次，我要摆满祭品的篾桌和你对话。

多少回，我要满怀虔诚的诗歌向你祈安。

多少年，我要兄弟姐妹的天缘与你叙情。

也许你已经收到，《都玛简收》《阿倮欧滨》《寻找神林》《叩拜阿倮欧滨》等篇章是我不断献给你的颂词。

这也是我独步他乡的拐杖。

今夜，独在异乡的风口，我就是捧着故乡捎来的一部《阿倮欧滨叙事长诗》取暖。

5

都玛简收,哈尼的姊妹。

你是"都玛",你不会老去。

生生世世注定你要成为我的姊妹,成为每一个同胞的姊妹。

成为多娘的姊妹。

你是咪达搓昆,你不会寂寞,你忙不得寂寞。

每一件渴望成长的农事每一条向往远方的路途每一份期盼成熟的爱情……

都在期待你扶一截送一程。

你是哈尼的女儿,阿倮欧滨是你最终的家园。

谁说你走了?

你没有走。

其实你从来不曾离开过这片土地。

你还在逢年过节的绵绵酒歌里奔跑;你还在火塘喂养的滚烫神话里出没;你还在一步一级的攀天云梯里欢笑;你还在神林守望的半山腰村寨里活着;你还在浩如烟海的民间史诗里歌吟;你还在牛铃叮当的茫茫传说里浪迹……

并将永远、永远!

B 遮天大树

1

一棵开着黑色花朵的芦苇秆，一个触了霉事被罚下凡尘的神的化身，怀着重返天庭的梦想，苦苦期待在一条寂寞的箐边……

在一个惨淡的黄昏，和一双沾满沧桑和仙气的手遭遇。

和落魄寒惨的都玛简收相遇。

多少树林你们必然错过；多少溪泉你们必然错过。

多少人间烟火你们必然错过。

走吧，一直往前走。

故事只能在阿倮欧滨发生，故事必须在阿倮欧滨发生……

一切都是命中注定。

2

越拔越长，越摇越大，瞬间蹿到天宫。

你把绝色女子送回家。

从此，尘俗的一份美艳绝世。

你把咪达搓昆送回家。

从此，世间的一份大智空落。

致使这个男权霸道的社会生活在虚空的幻想和无穷的追忆与遗憾里。

这是多么的残酷和打击啊！

令无数汉子扼腕嗟叹。

而更大的灾难接踵而至（对于人类而不是对于男人）。

一棵树，用自己的名字，把一个世界隔离。

一个女人，用自己的经历，把一片天地改写。

（从此，不用芦苇秆做拐杖的声言，在一个民族的记忆里成为绝唱。）

3

那是一个怎样的乾坤啊？人鬼通往，人妖混来，生活像一锅莫辨其味的杂粥。

那是一个怎样的人间啊？不分四季，不明春秋，日子似一条不知头尾的河流。

你把十指打开，把苍生罩住。

你要给它一个什么样的思考？你要给它一个什么样的发现？

你要给它一个什么样的动力？你要给它一个什么样的行为？

你要给它一个什么样的规矩？你要给它一个什么样的命运？

……

千古独尊的遮天大树啊！你又代表什么呢？你又代表谁？

一开始，你就把一切预谋。

4

于你，任何语言都是多余的。

顶天立地。

你以无言宣誓自己的宣言。

你以漠视显示自己的注视。

无边的沉默，让每一棵草木深深承受来自你的宽容。

无际的包容，让每一个生灵重重感知源于你的厚爱。

然后，你把热闹留下。

然后，你把光阴留下。

而倒下，是你对一切的诠释。

5

一棵树倒下，太阳月亮重现。

一棵树倒下，年月日诞生。

一棵树倒下，一片林新生。

一棵树倒下，一座祭台搭起。

一棵树倒下，那是树王遮天大树啊！

（哦！你给苍生予黑暗，是为了给他们予光明；你使大地失去天空，是为了使大地得到新的天空。）

在多娘，在多娘阿倮欧滨，一片天地，由于一棵树的倒下而重逢。

相亲相爱。

C 圣土圣骨

1

一块孕育了遮天大树的土地。

一个奉出了生命乳汁的地方。

一个民族历经千年的朝圣地。

多娘绿春，绿色春城；阿倮轰巩，哈尼山乡。

天底下最后一片哈尼的家园；遮天大树的故乡；被无数同胞无数次地在梦里神往在现实中仰望的圣地。

母语是这片土地上行走的脚，每天一打开黎明，你就会听到它早行的脚步声。

亲情是这片土地上流淌的河，每天不打开门扉，你也会听到它不息的歌吟。

东头的阿倮欧滨林子是整个阿倮山头的寨神林，每年，父老乡亲以春天为祭坛，把蓬勃的春意祭上。

一年就这样绿了。

一生就这样暖了。

2

通过阿倮欧滨的洗礼而成；浸透代代祖先的祝福而成。

圣骨，避邪保安的圣物。

从圣山上回来，像凯旋的勇士，享受一个民族目光明亮的注视和恭候。

从神林里回来，似千古如一的祖灵，享受一个民族心地纯净的珍爱和敬畏。

也许大如指甲；也许小如米粒。

或者，穿在钥匙扣里，每天触摸。

或者，缝在衣裤角内，四季携带。

或者，夹在珍物之中，悉心惠藏。

伴随一个个族人，或过沟过坎穿梭在家门口攀天的云梯间。陪同一个个同胞，或过江过河奔波在异地他乡的茫茫人海。

此时，我就在异地的一扇窗下，用乡思反复抚摸你。

此刻，我就在异域的一副檐下，用乡愁不停浸泡你。

小小的你不小啊！整个阿倮欧滨的精髓，都赋予在你的方寸之上。

3

这是一道界线，一道寨门。

这是一方风土，一方人情。

泉鸣和树荫搭起的门扉——阿保欧滨。

也可以接受你进来。

也可以拒绝你进来。

一路风尘仆仆，突如其来的绿色，让你陶醉？还是让你猝不及防？

你已经睁不开眼。

你也无须过问到了哪里。

嗅一嗅过耳的风，你心里就会触动，你已经来到家门口。

母语清清爽爽的问候，早已把你搂进胸怀。

4

令多少人神往？令多少人慕求？

我庆幸，可以以主人的身份居住这里。

我庆幸，可以以主人的权利拥有圣骨。

圣土是神赐的圣土；圣骨是神赐的圣骨。

一个民族的履程上，神灵无所不在。

一个民族的脚步里，神灵时时相随。

5

神是什么？神不是虚无缥缈的幻影。

神是什么？神不是无中生有的塑像。

神是什么？神不是飘荡无根的浮萍。

神是什么？神不是渺茫无踪的水泡。

走到今天，神是谁啊？

神不是谁。

神就是我们已经故去需要怀念的先人。

神就是我们已经年迈必须敬奉的父母。

从林子里走来；从梯田里走来。

从这片圣土上走来……

D　神林神水

1

飞鸟鸣林，青岚穿冈。

居高临下。

你以分水的名义，站在多娘视野的高处。

阿俵欧滨——分水岭。

是先有你的树，还是先有你的水？

是先有你的名，还是先有你的林？

孰先孰后，这断然不再重要。

重要的是，你让一个天生与树血肉相连与水血脉相通的民族，和你切切相关。

2

崇尚万物。崇尚自然。崇尚神灵。

崇尚一片叶一滴水。

树，成为一个民族顶礼膜拜的图腾。

水，成为一个民族跪膝叩祭的神祇。

树林啊！

一个山地民族，注定与你的密切。

泉源啊！

一个稻作民族，注定与你的依托。

3

一个寨子，一座林。

一片林子，一地水。

也许，没有哪一个民族，像这个民族，对树林如此地尊奉。

也许，没有哪一个山寨，像这个山寨，对水源如此地爱惜。

也许，没有哪一个地方，像这个地方，对农作如此地热衷。

也许，没有哪一个心灵，像这个心灵，对神灵如此地敬畏。

就把寨神留在心底。

就把神林留在心底。

就把水源留在心底。

就把村庄留在心底。

就把父母留在心底。

······

一片树叶底下，谁把一颗稻子种下？

一滴水声里面，谁把一句母语种下？

4

神林，我骄傲，我是阿倮欧滨的子嗣。

神水，我自豪，我是阿倮轰巩的儿孙。

每一座神林，都在我们头枕的上方。

每一股神水，都在我们睡床的高处。

阿倮欧滨，就在阿倮梁子的头枕上。

那是一座生命的祭台。

一片渴望强大的山地；一块期盼繁衍的田园。

5

一片林，以神话和传说为土壤。

一股水，以酒歌和山歌为田地。

祖传的热情，在阿倮山梁的东头上茂盛，挥散着神秘的光芒。

神赐的恩惠，在阿倮欧滨的凹地里茁壮，透射出亮丽的光彩。

一束稻穗，挂在目之所及的枝头上。

让多娘四季张着仰望的目光。

E　祭祀叩拜

1

阿倮欧滨神林，是千秋先人留下的一个传说。

阿倮欧滨神水，是万古祖宗传下的一段神话。

在每一个春天，被我们重读。

在每一个春季，被我们重温。

祭献一片林，以春天为背景。

祭颂一股水，以母语作通途。

2

换上祖传的黑衣黑裤黑头巾；背上祖传的纯朴善良厚道；带上祖传的沉默勤劳笑容……

从春天出发。

我们可以走进一枚叶的绿色里；我们可以走进一滴水的深度里。

我们可以走进一颗心的跳动里；我们可以走进一个年头的脚步里。

我们可以走进祖宗的寨神林里……

阿倮欧滨就是寨神林的扩大和延伸，是多娘梁子12个哈尼山寨合祭的寨神林。

一丘一田，一口一嘴，都向她张开着渴望和期盼。

3

一个民族，一个在树下居住的民族，一个用山泉喂养梯田的民族。

春天，心灵和躯体一起跪下，用祖先的名誉在阿傈欧滨分水。

12股水，分向四面八方，分给浪迹东西南北的族人。

（每一支哈尼的名字，在水声里不断延伸。）

分给每一棵草，每一棵树。

分给每一只蚂蚁，每一只飞鸟。

分给每一份驻足的情，每一个行走的梦。

分给每一粒希望的种子。

……

4

虔诚。庄重。神圣。

朴朴实实，本本分分。

把自己祭上，祈祷一份生命。

把心愿祭上，祈求一份安康。

把春耕祭上，祈望一份秋收。

把心灵祭上，祈讨一份福祉。

把信仰祭上，祈赐一份蓬勃。

把民族祭上，祈取一份荣誉。

……

5

再也没有如此神圣的祭祀了。再也没有如此庄重的叩拜了。再也没有如此虔诚的祈祷了……

宛若一粒稻子与一滴水的交流。

宛若一段激情与一片绿叶的关联。

绿色汹涌，热血澎湃。

千年万年，林依然，水依然。

一部与树林和水源相关的传说依然。

一个民族膜拜自然和生命的姿势依然。

后　记

　　2011年8月下旬至9月中旬，在大理洱海之滨一个叫逸龙宾馆的酒店里，我参加了为期20天的鲁迅文学院首届西南六省区市青年作家班的培训学习。50余位同学分别来自云南、四川、重庆、贵州、广西、西藏。时间虽然短暂，但生活的收获、友谊的收获、文学的收获等，不是一时一刻的，也不仅是此地此时的。知道我是哈尼族后，结业前的一天，昆明的同学徐兴正前来约稿。他告诉我，他负责编辑的云南省委机关刊物《秘书之声》，里面有个栏目，叫《大参考》，专门刊登省内各民族独具特色的文化散文，已经做了几期，刊载了几个民族的东西，反响不错。这次，他想要我搞一篇哈尼族文化思考方面的散文，字数在5000字内，最多不要超过5500字，题材由自己去选。当时，我没有任何考虑就答应了。第一，反映哈尼族的文化，特别是文学性的东西，别人不要求，我都要去写的，何况有人来约。第二，写作这么多年来，自己写的都是很纯粹的文学作品，从来没向政治性很强的刊物投过稿、发过稿，也很少翻看类似的刊物，这省委的机关刊物，我想看看到底是什么样，想上一下。第三，自己的身份使然，好丑也是一个有几本不同级别的作协会员证的人，更何况是在这种身份如此明确的培训班上，同学的一篇文学性的稿约，拒绝了，怎么好意思还坐在那里？第四，同学情……

其实，答应后，我还真的有点犯愁。首先，出来了这么长的时间，单位上有许多事情等待着自己回去处理，回去后肯定没时间先考虑这个东西。其次，写什么呢？什么样的题材能代表或者基本能代表哈尼族的文化？至少，它必须具有一定的代表性，再差，它也不能少了地域性和民族性，必须刻录着"哈尼"这个烙印。最后，自己的创作形式已改变多年，以写散文诗为主，每章保持在三百字左右，千余字的文章都很少，突然去做一篇5000余字的东西，感觉有点"大"。但既然承诺过了，我一定得当回事，并且必须立即动笔，在约定时间之内做完事做好事。考虑再三，我最终把目标锁定在故乡绿春县城多娘阿倮山梁上的阿倮欧滨文化上。

有人说，阿倮欧滨是哈尼族的宗教圣地。按照自己很有限的理解，加之自己对这一故土的热爱，我是基本同意这种说法的。哈尼族的文化，没有哪一种，像阿倮欧滨文化一样，具有如此深远、奇特、神秘、诡异、丰富、宏大。更主要的是，这个文化，唯此一个，唯这方特有，为绿春所独具。它虽地处边地绿春，却声名远播，传扬在哈尼族生活的任何地方。这是哈尼族曾经改天换地的一个处所，一处民族生命的重生地。这是一个根本性的东西，写这样的东西，根本不需要考虑是否会雷同。后来，动起笔来后，我发觉这篇文章的容量根本不像自己所想象的那么小，5000字，根本装不下多少内容。但有规定在先，我也不能突破。

按照自己的理解，写出了文章，并如时发了出去。我也不知是否符合兴正同学的要求，是否为难了他。反正，除了一条告知发送的短信，之后我们没有通过一次电话，没有过任何方式的联系。当年底，5500字的《阿倮欧滨：哈尼人一座灵魂的高地》全文刊登在《秘书之声》2011年第4期《大参考》栏目上。我以为，这事就这样交了差，告了个段落了。事实上，当时自己就是这样让它告了段落的，写完并发表了，让它待在样刊样报堆里。当2012年到来，日子随着新年的脚步，被岁月翻到新的日程上时，《阿倮欧滨：哈尼人一座灵魂的高地》也突然跳到我的面前来。我把这篇文章放到了自己的博客上去，远方一位从来没给我的博客文章留言的密友，狠狠地连续给我留了三条言。这既带给我惶恐不安，又给了我极大的鼓励。同时，一些原先未能写进文中的细节，也从心底纷纷醒来，撞击着我的心壁，有种要我释放的强迫性。这样，原先的《阿倮欧滨：哈尼人一座灵魂的高地》就成了一个骨架，围绕着它，我把相关的一些血肉组织上去，在原先一篇普通文化散文的基础上，有了这部同名的文化长卷散文。后面，再把以前创作的与阿倮欧滨密切相关的两组散文诗作品，也以附录的方式收入其中，算是对其内容的一个小小补充。这样，在2012年底前，完成了本书的初稿。

之后，云南自然文化刊物《人与自然》2013年第9期，从我的博客上选用了其中一段小章节；《大理文化》2013年第10期头条《开篇》栏目，一次性发表了2万余字，之后，被2014年第1期《边疆文学·百家》散文栏头条全文选登；另有近3万字的作品，被《山东文学》2015年第2期《大地纪实》栏推出，这是该刊刚开辟的重点栏目；云南文学名刊《滇池》杂志也在2015年第12期以《水颂》为名，刊用了其中关于水的部分4000余字。如此，这部近10万字的长卷民族文化散文集，包括早年已发表过的附录的两组散文诗，有6万余字的作品在省级以上刊物发表。余下部分，也多在地方的不同刊物上零散刊发。

其间，这部书稿还先后申报了云南省作协"百名作家写云南"和中国作协少数民族重点作品扶持征集活动。2016年6月1日，从中国作协主办的中国作家网上得知，《阿倮欧滨：哈尼人一座灵魂的高地》已忝列2016年度中国少数民族重点作品扶持项目。热爱写作这么多年，几乎没碰到过这样的恩惠，感觉这是一场难得的幸事、喜事，认为功夫不负有心人。尽管自己已年过半百，但在文学创作的路子上，依然是个孩子。愿把这份饱含着支持、理解、关怀和期待的厚爱，当作是这个儿童节给予自己的最好的礼物。而次日，心头尚热，喜庆尚弥漫在胸腔间，散文诗界的朋友黄恩鹏先生从北京打来电话，说他和李松璋先生正联合组织一批长篇非虚构作品，交广西师范大学出版社出版发行，这部书稿列入选题计划。感谢二位老兄！这样，一边重新返回绿春老家补充资料，一边就在原来初稿的基础上，从头至尾全面重新做了修改并补写，进一步充实作品内容，到金秋10月，完成了全书的创作。《阿倮欧滨：哈尼人一座灵魂的高地》，是继本人《雕刻大地：哈尼梯田耕作技术考察》一书后创作的第二部哈尼民间文化题材的长卷散文。完成初稿后又折腾这么长时间，是当初所没料到的。如此，我觉得，这部书稿摆了这么几年，也是在等待她命中的一些缘分吧。

在哈尼人的世界里，阿倮欧滨是个如雷贯耳的名字。

阿倮欧滨地名，在哈尼族的世界里是独一无二的；阿倮欧滨文化，在哈尼族的文化里也是独一无二的。说，或没说；写，或没写，它都在那里，在岁月的歌吟里，在民族的脚步里，没有人能够动摇，也没有人敢动摇。《阿倮欧滨：哈尼人一座灵魂的高地》的创作，只是表现了它的一些皮毛。它本质的精髓，是神性的，不是人所能表达得了的。

今天，如果这个世上还有一个能够让我匍匐的地方，这个地方就是：绿春多娘阿倮欧滨！